D0761352

Morirás mañana

1 El escritor sale a matar

Jaime Bayly

Morirás mañana

1 El escritor sale a matar

ALFAGUARA

MORIRÁS MAÑANA
1 EL ESCRITOR SALE A MATAR

© 2010, Jaime Bayly. Todos los derechos reservados.
© De esta edición:
2010, Santillana USA Publishing Company
2023 N.W. 84th Ave., Doral, FL, 33122
Teléfono (1) 305 591 9522
Telefax (1) 305 591 7473

ISBN: 978-1-61605-245-4
Primera edición: septiembre de 2010

Diseño: Proyecto de Enric Satué
Cubierta: Juan José Kanashiro

Published in the United States of America

A Camila y Paola Bayly

La finalidad última del asesinato considerado como una de las bellas artes es [...] *purificar el corazón mediante la compasión y el terror.*

Thomas DeQuincey, *Del asesinato considerado como una de las bellas artes*

UNO

—Lamento decirle que en el mejor de los casos le quedan seis meses de vida.

Eso es lo que acaba de decirme el médico, mirándome imperturbable, como si yo fuera una rata o un ratón.

—No hay nada que podamos hacer.

Eso es lo que ha añadido, mirándome con disimulada repugnancia, como si yo fuera una araña o un alacrán.

—La enfermedad está muy avanzada y ya no es posible operarlo.

Eso es lo que ha sentenciado el hijo de puta, mirándome con alivio, tal vez incluso con alegría, exonerándose de la responsabilidad de curarme, anunciando mi muerte inminente como si la hubiera deseado toda su vida, como si yo fuera esa cucaracha que no alcanzó a pisar una noche en la cocina y se le escapó, sigilosa.

Bien, voy a morir. No podemos decir que se trate de una primicia. Lo sabía desde niño. Solo que ahora sé que voy a morir en pocos meses, si puedo confiar en la palabra de este médico pusilánime, y todos me han dicho que debo confiar.

No me sorprende ni me indigna ni me entristece que el médico me mire como si yo fuera una rata o un ratón o una araña o un alacrán o la cucaracha que no pudo pisar esa noche en la cocina. No me sorprende porque siempre he creído que los médicos en general, salvo algunas excepciones que no conozco, son unos cabrones hijos de mil putas que solo quieren esquilmarnos y luego vernos morir cuando ya no nos queda un céntimo más.

Lo que el médico no sabe es que me ha dado una buena noticia.

Hace ya tiempo que me aburrí de ser yo mismo y que deseo descansar de esa condena abrumadora. Estoy cansando de llamarme como me llamo, de llevar la cara que llevo, de repetir las tediosas ceremonias domésticas que, sumadas, configuran los días, confirman el paso del tiempo y me recuerdan que todavía estoy vivo, pero no por mucho tiempo más.

Me llamo Javier Garcés y por supuesto yo no elegí llamarme así, lo eligieron mis padres (que por suerte ya no están vivos, y a los que preferiría no ver si hay una vida después de esta vida), y soy una rata, un ratón, una araña, un alacrán y una cucaracha, y por supuesto yo sí elegí ser todo eso, un sujeto miserable, rastrero, abyecto, vil, una bola de caca.

Por eso no me ha sorprendido que el médico de la clínica Americana me mirase como si fuera lo que en verdad soy y por eso no me ha apenado enterarme de que el mal bicho que soy (y que elegí ser) tiene los días contados. Todos tenemos los días contados, pero los míos están más contados, los míos son ciento ochenta días en el mejor de los casos, y ya sabemos que el mejor de los casos no es mi caso.

Digamos entonces que soy un gran hijo de puta y que me quedan cien días o poco más para seguir disfrutando de ser un gran hijo de puta.

No se nace hijo de puta, se elige serlo, o yo al menos elegí serlo. Pude ser una buena persona, pero me parecía aburrido, previsible, patético. Siempre asocié el humor con la maldad y, como quise divertirme, me fui educando y refinando en la maldad, el rencor, la venganza y el cinismo como formas de hacer la vida más llevadera y, si acaso, entretenida.

He tenido éxito, o el éxito que he procurado obstinadamente alcanzar, o el éxito que merezco y que otros intentaron escamotearme. El éxito, en mi caso, no podría atribuirse al azar, a la buena fortuna. El éxito me lo he forjado fría y calculadamente, se lo he arrebatado a los miserables que pugnaban por negármelo, y lo he conseguido gracias a que soy terco pero, sobre todo, a que soy un gran hijo de puta.

No podría tener todo lo que tengo, que es más de lo que imaginé que alguna vez tendría y que es menos de lo que merezco, si no fuera porque he sido cruel, despiadado, implacable en la defensa de mis intereses y en el combate contra mis enemigos.

Curiosamente, ahora que sé que voy a morir, ahora que sé que me quedan cien días o poco más y que nadie llorará mi muerte y que unos cuantos de mis más pertinaces enemigos se alegrarán con la noticia de que, sin merecerlo, me han sobrevivido y de ese modo han obtenido una última y despreciable victoria sobre mí, ahora que sé todo esto y que miro atrás y pienso en lo que debo hacer con mi vida para encontrar la manera más digna de morir, una idea asalta mi mente y adquiere los contornos de una obsesión: me importa un carajo ser un hombre de éxito, nada de lo que he conseguido tiene valor ni perdurará, lo único que me interesa en adelante es vengarme de mis enemigos.

Tengo un número impreciso y ciertamente abultado de enemigos, pero enemigos de verdad son los que uno recuerda cuando le dicen que va a morir pronto y se niega a dejarlos vivos.

Esto es lo que acabo de descubrir saliendo esta tarde del consultorio del médico hijo de puta que me miró como si fuera una rata o una cucaracha, sin saber que en efecto lo soy, como probablemente lo es él también. Acabo de descubrir quiénes son exactamente mis enemigos, cuántos son exactamente mis enemigos. Acabo de descubrir que mi muerte solo será digna y dará coherencia a mi vida si, una vez identificados esos enemigos, a los que odio con justificada razón y cuyos rostros babosos se me aparecen ahora, encuentro en mí el frío coraje, la sed de venganza y la astucia para acometer la empresa más bella y admirable de cuantas me he propuesto en la vida: matar a esos cinco hijos de puta.

Bien, he de morir, he de morir pronto. Pero no moriré como una buena persona porque nunca lo he sido y no sabría simularlo en esta última parte de la carrera. Moriré como lo que soy, como una rata, como un alacrán, como una tarántula, como una cucaracha. Moriré concediéndome la dicha más acabada que puedo imaginar: matar a esos cinco hijos de puta que hicieron todo lo posible por joderme la vida y que no merecen seguir viviendo cuando yo ya no esté. No puedo evitar mi muerte, pero puedo evitar que ellos asistan a mi muerte; puedo evitar que ellos sonrían, pérfidos, mediocres, canallas, cuando se enteren de que he muerto. No sonreirán porque estarán muertos. Yo me ocuparé de que esos cinco hijos de puta mueran antes de que me toque morir. Seré yo quien sonría al verlos morir y no ellos quienes lo hagan desayunándose con la noticia de mi desaparición definitiva.

Veámoslo, entonces, con moderado optimismo: el médico me ha dado la mala noticia de que me quedan seis meses de vida o menos, pero al mismo tiempo, y sin quererlo, me ha permitido descubrir una noticia espléndida y alentadora: que estos serán los mejores seis meses de mi vida porque me dedicaré por entero a matar a esos cinco hijos de puta que hicieron todo lo posible para verme fracasar y que no lo consiguieron pero que no por eso merecen mi indulgencia o compasión. Esos cinco hijos de puta van a morir, tienen que morir. No he matado nunca a nadie (quiero decir, no he matado nunca a ninguna criatura humana), pero me ha llegado la hora de educarme en tan noble propósito y de hacer una última e inestimable contribución a la humanidad: limpiarla y purificarla de la presencia hedionda de esos cinco hijos de puta a los que mataré antes de morir.

Por primera vez en mucho tiempo siento que mi vida tiene sentido. Curiosamente, todo lo anterior (la puja feroz por el éxito, el combate contra los enemigos, las glorias fugaces, los amores perdidos) me parece ahora solo un entrenamiento para lo que me espera: medir sin testigos, ante mí mismo, las dimensiones exactas de la maldad que habita en mí y la hondura y la pureza del goce que sobreviene al ejercicio sistemático de la venganza.

Dicho de otro modo: no debería tener razones para vengarme de nadie porque nadie consiguió arrebatarme la sensación de éxito que todavía me envuelve y que los demás perciben como un hecho indudable, que soy un ganador y un gran hijo de puta, pero no teniendo razones para ejercer la venganza como mi última ambición, me sacude un ramalazo de placer parecido al éxtasis o al orgasmo cuando imagino las caras de mis enemigos, esos cinco hijos de puta, en el momento exacto de morir, que será el que yo elija.

Estos serán los mejores meses de mi vida y lo serán porque estarán animados por el afán de venganza y porque ese afán no estará exento de astucia, prudencia y valor. Solo moriré en paz, como un gran hijo de puta, como lo que soy, si confirmo ante mí mismo que poseo la inteligencia y los cojones de matar a esos cinco mequetrefes envidiosos que ahora pagarán por todas las insidias y ruindades que tramaron contra mí. No será, entonces, un crimen injusto: esos cinco indeseables se han ganado a pulso su propia muerte. Alguien tiene que hacer el trabajo sucio. No seré yo quien le quite el cuerpo al toro. Arrojo torero nunca me ha faltado y espero que tampoco me falte cuando más lo necesite.

Mi vida nunca tuvo mayor sentido, fue solo una suma de empeños vanidosos, pero ahora, de pronto, inesperadamente, tiene más sentido que nunca, y puedo advertir con una nitidez que me enceguece que todo lo que he vivido me ha preparado para este momento, el de exterminar a mis cinco peores enemigos, el de inaugurarme en el incomprendido oficio de homicida, el de confirmar si soy capaz de ser el gran hijo de puta que toda la vida he creído ser, que me he jactado de ser. Bien, ha llegado la hora de la verdad. Si soy ese gran hijo de puta que siempre se sale con la suya y cae parado y consigue humillar a sus más sañudos y venenosos adversarios, deberé demostrarlo ahora, en estos últimos meses de vida, matando con discreción, buen gusto y elegancia a esos cinco hijos de puta que ciertamente no merecen vivir, que ciertamente no merecen vivir cuando ya no viva yo.

Nunca tuvo más sentido mi vida que ahora que sé a quiénes debo matar. Que después me toque morir me parece un premio que no merezco.

DOS

Cinco y solo cinco (quisiera que fueran más, pero solo esos cinco se me aparecen, testarudos, cuando repaso la lista de mis enemigos más conspicuos o de los que quisieron hacerme más daño a sabiendas o de los que más esfuerzo depositaron en la causa de joderme la vida, sin conseguirlo por cierto) son los miserables sujetos que debo matar antes de morir.

Desde luego, podrían ser seis, podrían ser cuatro, podrían ser diez, pero debo ser justo y minucioso en el ejercicio de la venganza, y solo debo exterminar a los que en verdad han hecho merecimientos para recibir dicho castigo. No se trata de matar por el puro placer de matar: se trata de impartir justicia, de hacer algo bueno por el mundo antes de irme de acá, de pensar por una vez en los demás y no en mí. Se trata, en suma, de un breve y urgente ejercicio sanitario: el mundo, ese hervidero de apetencias y pasiones y traiciones que llamamos «el mundo», será un lugar mejor, indudablemente mejor, cuando no lo habiten esas cinco personas que yo mataré y cuando no lo habite yo mismo, que, con seguridad, soy un peor hijo de puta que esos cinco hijos de puta a los que un mínimo sentido de la decencia me obliga a matar. Pero yo al menos tengo el buen gusto de reconocerme como un hijo de puta y de no andar posando como un caballero virtuoso y ejemplar, de recta andadura, como hacen esas sabandijas que ahora he de aplastar sin compasión y con incalculable regocijo.

No es verdad, entonces (lo supe desde niño), que el ejercicio de la bondad (que en mi caso supuso siempre un esfuerzo, una impostura) sea la fuente o el origen de la felicidad. Muy por el contrario, yo he hallado siempre satisfacción, orgullo y hasta júbilo cuando me he abandonado al ejercicio de la maldad, la venganza y el rencor. Lo que me procura moderadas dosis de bienestar es reconocerme como un hijo de puta y actuar en consecuencia. Lo que me estorba es tratar en vano de ser una buena persona. Yo he nacido para encontrar belleza en la maldad y elegancia en el rencor y pureza artística en la venganza. Así he nacido, así he vivido y así debo y quiero morir: buscando el mórbido placer de sentirme un sujeto peor (pero mucho más encantador) que todos los que conozco.

Diré rápidamente los nombres de los cinco desdichados cretinos a los que mataré porque tal es el mandato de mi conciencia. No son famosos, muy a su pesar. No son famosos como yo, muy a su pesar. Hubieran querido serlo e hicieron todo lo humano y lo inhumano por conseguirlo, pero no consiguieron escapar de la chatura para la que nacieron condenados y de la que los salvaré acabando con ellos. Embelleceré de ese modo sus vidas misérrimas.

Comenzaré, como corresponde, por quien más odio. Y no lo odio más porque me haya hecho más daño, sino que de los cinco hijos de puta es quien ha vertido más odio en estado puro sobre mí, sin que yo le diera motivos para que se dedicara la vida entera a tan innoble propósito, el de enlodarme y menospreciarme, y se empeñase (en vano, por suerte) en truncar mi camino al éxito, un éxito que a él, por supuesto, le ha sido esquivo, un éxito que él cree que merecía y yo le arrebaté. Se trata de un crítico literario, es decir de un escritor frustrado. Ha publicado más novelas que yo, pero nunca consiguió vender más que un puñado de ellas entre sus amigos y nunca logró que lo publicaran fuera del Perú. Como sus mejores amigos son también críticos literarios, sus novelas, despreciadas por el gran público, que vio en ellas una sustancia plúmbea de alto poder ansiolítico, fueron, sin embargo, celebradas en pequeñas apostillas en la prensa local, con unos elogios que no sirvieron para mitigar la desoladora sensación de fracaso y envidia que lo asaltó al comprobar que sus novelas se vendían por decenas y las mías, por miles. Sin habernos conocido ni estrechado la mano ni saludado por teléfono, sin haber tenido trato alguno, este crítico literario decidió que si no podía tener éxito en su carrera como escritor, se afanaría sin descanso por tenerlo como difamador. Hizo acopio de toda la vileza que habitaba en él (no poca) y se fijó una meta no por comprensible menos repudiable: dado que había fracasado como escritor, dado que los lectores huían de él como de una peste mortífera, se ocuparía de hacerme fracasar a mí también, espantaría a mis lectores con sus diatribas y sus insidias. A pesar de que no lo consiguió, pues los lectores probablemente no se enteraron de sus minúsculas operaciones de venganza y supieron ser leales con mis libros, obtuvo como recompensa a un lector seguro, atento y minucioso, a un lector que guardaba sus libelos, subrayaba los adjetivos más desdeñosos y lo recordaba con creciente rencor y sed de venganza. Ese lector soy yo, que ahora debo matarlo. Irónicamente, sus críticas no sirvieron para exterminarme como escritor (lo que él, con vanidad inflamada, pretendía), sino para convencerme de la necesidad de que yo lo exterminase a él como quien fumiga a una cucaracha impertinente.

Este sujeto deleznable, que ha publicado libros deleznables, que tiene un aspecto aun más deleznable y que cuando habla parece balbucear baboso, obtuso y tartamudo, este sujeto que quizás haya vendido doscientos o quinientos ejemplares de todos sus libros (y regalado un número superior) entre sus amigos y sus alumnas de los talleres literarios que dicta para sobrevivir como un parásito, este sujeto se distingue entre sus pares, los escritores y críticos literarios fracasados, por dos curiosas efusiones de su vanidad: su melena negra, ensortijada y de longitud inverosímil, tan larga y desaseada que llega a rozarle el culo, y el modo pretencioso en que habla, quizás para opacar su condición salivosa y pueril, pues igual es como si escupiera sobre las palabras y, de paso, sobre quienes se flagelan escuchando su cháchara profesoral. Es, pues, una babosa, una criatura invertebrada que repta por clases sombrías y talleres literarios despoblados dejando la estela húmeda de su saliva pegajosa. Nadie lo lee y nadie lo respeta como escritor, y todos saben que como crítico se dedica a vengarse de quienes consiguieron lo que a él le fue escamoteado por su falta de talento o por su falta de gracia, porque todo en él es viscoso y pestilente, y porque el público, que no es bobo, lo percibe menos como un escritor o escribidor o plumífero pundonoroso que como lo que es: un gusano.

Será por consiguiente un deleite interrumpir la existencia (por lo demás inútil, salvo para derramar veneno) de este gusano que ha dedicado su vida a odiarme, a insultarme, a descargar sobre mí la sustancia espumosa y letal que emana de sus labios y sus dedos y que ha dejado impresa en numerosos artículos, diciendo que mis libros son estúpidos, despreciables (una opinión que, por fortuna, no todos parecen compartir).

Este gusano que va de crítico literario se llama Hipólito Luna. Ha de tener cuarenta y tantos años, es flaco y repugnante como una lombriz, y no sé cómo ha conseguido ser padre de un hijo; debe de haber intoxicado a la madre para dejarla preñada, a su pesar naturalmente. Como es de estricta justicia, Luna es pobre como las ratas, y se arrastra miserablemente de alguna universidad en la que dicta clases hasta un taller donde se permite la licencia jactanciosa de «enseñar a escribir», y de allí hasta la redacción de un periódico en decadencia, *La Voz del Pueblo*, que publica sus críticas retorcidas, miserables, pero cuando se trata de sus amigos untuosas y zalameras al punto que provocan arcadas (porque no hay que ser en extremo perspicaz para advertir que esos elogios desmesurados son un trueque, un canje por los elogios que él espera recibir: tal es el modo en que opera la cofradía de los escritores mediocres que se celebran y condecoran entre ellos, a falta de lectores o jurados que se ocupen de dicha tarea). Hipólito Luna es un hombre pobre no solo porque carece de dinero y camina errabundo como un fantasma y se moviliza apiñado en el cochambroso transporte público, no solo porque a menudo roba libros de las librerías adonde lo invitan a dictar charlas para diez señoras aburridas, sino porque es, ante todo y sobre todo, un hombre de espíritu paupérrimo, un hombre que ha nacido para envidiar y odiar, y sembrar intrigas ponzoñosas contra quienes lo superan en talento o en simpatía. Podría pensarse, entonces, que es un hombre desdichado y que si sus intentos por boicotear mi carrera han sido fútiles, bien podría perdonarle la vida, digamos por compasión. Pues no: no hay aquí razones que pueda alegar de un modo persuasivo. Lo que yo siento es un odio ciego, visceral, por este sujeto que me ha insultado gratuitamente la vida entera, y no me pregunto si ese odio es justo o no, solo me limito a sentirlo en toda su formidable dimensión redentora y me dispongo a dejar que ese odio (que es luminoso, que es puro, que es placentero) se apodere de mí, guíe mis pasos y me conceda la dicha de pisar, pisotear, a ese gusano repugnante que es Hipólito Luna. Cada una de las palabras que ha escrito sinuosamente contra mí, la suma de esas palabras hediondas, le costará la vida. No sé todavía cómo lo mataré, pero sé que quiero matarlo lenta y cuidadosamente, por etapas, del mismo modo que él se propuso matarme a mí como escritor. Hipólito Luna de los cojones, por fin serás famoso, tu nombre aparecerá en las defunciones del periódico y en las páginas policiales y la gente se sorprenderá de que un pusilánime como tú haya muerto asesinado: tendrías que haberte suicidado antes, pero como no has tenido el valor ni el buen gusto de hacerlo, yo te ayudaré.

Una vez que haya pisado a esa cucaracha (una operación higiénica que solo me provoca el leve remordimiento de dejar huérfano a su hijo, pero luego me digo que el niño crecerá sana y felizmente sin la sombra malhechora de su padre), será menester propiciar la muerte de Aristóbulo Pérez. Si demoro mucho, Aristóbulo podría ser ya un cadáver cuando vaya a buscarlo. Se trata de un anciano decrépito, achacoso, con el hígado estragado por el alcohol, que vive en un hospicio geriátrico, abandonado por su familia, que tuvo la buena idea de deshacerse de él y confinarlo en esa casa maloliente, rodeado de otros viejos cochambrosos como él. No porque esté viejo merece Aristóbulo Pérez una pizca de mi lástima o compasión. Es un viejo miserable, malvado, hijo de puta, un viejo con cara de sapo y lengua de culebra, un viejo roído por el tiempo y por los sucesivos fracasos, un viejo emponzoñado porque aún tiene intacta la memoria que le recuerda que nadie lo amó realmente, que las dos

mujeres con las que se casó lo abandonaron y una acabó
suicidándose, que la otra tuvo el buen tino de abortarle
un hijo, que no tuvo hijos y que los libros que escribió
(algunos de los cuales me parecen meritorios, rescatables,
incluso valiosos, y quizás lo sobrevivan) le concedieron
un prestigio efímero que ya se extinguió, una cierta reputación de escritor ermitaño y talentoso entre sus pares, pero nunca le ganaron dinero, nunca se vendieron
en las grandes cantidades que él creía merecer, nunca le
permitieron salir de la pobreza, comprarse una casa, un
auto, disfrutar de una relativa comodidad. Ahora Aristóbulo Pérez es un escritor olvidado, nadie lee sus libros,
nadie los exhibe en las librerías, nadie sabe bien si está
vivo o muerto, y nadie en su familia lo extraña, lo visita,
le lleva regalos o medicinas. Como, por desgracia para
él, no ha caído víctima de la demencia senil ni su memoria ha sido borrada por una enfermedad oportuna,
Aristóbulo Pérez recuerda (y lo recuerda todos los días)
que pudo ser un escritor de éxito, que estuvo a punto de
serlo, que llegó a ganar algún premio importante, que
uno de sus libros se tradujo a una lengua extranjera (el
italiano), pero también que cuando parecía a punto de
consagrarse surgieron otros escritores más audaces o más
simpáticos y lo eclipsaron y lo condenaron a las sombras
y al olvido donde ahora malvive. Este escritor que hace
ya décadas pensó que sería famoso, ahora sabe bien que
es solo una excrecencia, un desecho, un mojón pudriéndose en un asilo de ancianos, un sapo viejo que espera la
muerte con creciente impaciencia porque sabe que nada
bueno está por venir, y el recuerdo de sus días de gloria fugaz es para él una llaga abierta que todavía sangra.
Le haré, entonces, un favor: dado que Aristóbulo Pérez
quisiera morir, y dado que yo quisiera matarlo, ha sur-
gido una afortunada coincidencia que nos hará felices a

ambos. Es una lástima que esa coincidencia no ocurriera cuando Aristóbulo Pérez era miembro del jurado del Premio Nacional de Novela y yo era finalista junto con una escritora de novelas cursis, una escritora millonaria y masivamente maquillada. Nueve eran los miembros de aquel jurado: cuatro votaron por la dama emperifollada y cuatro tuvieron la nobleza de espíritu de votar por mí o por mi obra. Aristóbulo Pérez tenía el voto dirimente, era el fiel de la balanza. No conocía a la escritora ni me conocía, no la había leído y tampoco me había leído a mí, pero no dudó en votar por la escritora (y en decírselo luego al oído) porque la encontraba sexualmente apetecible y abrigaba la imprudente expectativa de obtener alguna recompensa amatoria por su voto. Desde luego, la escritora miró a Aristóbulo con el mismo interés erótico con el que hubiera mirado al sapo de un estanque y se olvidó de él y se ocupó de lo que siempre le había interesado más: hablar de sí misma y recibir el premio con la absoluta certeza de que lo merecía. Pero no lo merecía. Era yo quien lo merecía, y esto lo sabe mejor que nadie el viejo miserable de Aristóbulo Pérez, o debería saberlo. Pero no votó por mí porque yo no podía ofrecerle el culo ni las tetas de mi rival, y porque, sin haberme leído, me odiaba por el mero hecho de que mis libros se vendían y los suyos no, o a duras penas. De modo que la escritora cursi se ungió con el premio (y el cheque que lo acompañaba), Aristóbulo se resignó a hacerse una paja pensando en ella y a mí se me escapó el Premio Nacional de Novela, que nunca pude ganar y que en esa ocasión, si hubiera justicia en esa vida gobernada por las ratas y las culebras, debió de ser mío pero me fue birlado por una rata lujuriosa, el viejo ahora impotente pero no desmemoriado de Aristóbulo Pérez. Tengo la absoluta convicción de que matarlo será una buena noticia para todos: para los que soportan sus flatulencias y su aire petulante en el asilo, para quienes tienen que cambiarle los pañales y asear sus carnes ajadas, para quienes alguna vez lo leyeron y en buena hora lo olvidaron, para él mismo que se sabe un viejo de mierda fracasado, y para mí, que debí ganar el Premio Nacional de Novela y no lo hice porque el viejo arrecho de Aristóbulo quiso usar su voto para tratar de montarse a una escritora con un culo tan imponente que parecía un motor fuera de borda.

Muertos Hipólito Luna, el gusano baboso, y Aristóbulo Pérez, el sapo decrépito, pienso que sería oportuno, moralmente irreprochable, éticamente virtuoso, una contribución a la humanidad, poner fin a la vida rastrera de Profeto Serpa. Al llamarlo Profeto, sus padres lo condenaron a ser un infeliz, un paria, un apestado. Dicho nombre atroz encerraba una profecía: Profeto sería no un profeta, un predicador iluminado, mesiánico, de verbo hipnótico, Profeto sería un triste y pobre diablo, avergonzado de llamarse así y, al mismo tiempo, incapaz de encontrar cierta gallardía en sus entrañas para cambiarse ese nombre en el que estaba anunciada toda su desdicha. Profeto era, además, feo, incuestionablemente feo, y se había abandonado a una gordura de vaca preñada al punto que, de no haber sido hombre, alguien podría haber pensado que estaba preñado de trillizos. Como no podía ignorar la fealdad de su nombre y su apariencia, y como no se le ocurría cómo mitigar esas ofensas al ornato público, Profeto tuvo la sagacidad de convertirse en un ratón de biblioteca, en un muchacho estudioso, altamente competitivo, que se graduó con honores de la universidad, fue contratado por el periódico más influyente de la ciudad, *El Faro de Lima*, y en pocos años escaló posiciones gracias a su tenacidad, empeño y discreción, y gracias sobre todo a su facilidad para lisonjear y masajear el ego de sus jefes, a los que servía como un esclavo gozoso. Fue entonces cuando Profeto se cruzó en mi vida y pude descubrir la bola de estiércol que tenía en la cabeza. Era bruto y además prepotente, porque ahora tenía poder y había sido nombrado director del periódico y se creía un sabiondo infalible pero era apenas un cretino que había trepado hasta capturar ese puesto. Yo llevaba años, más de diez con seguridad, publicando una columna de opinión dominical. Nada más asumir como director, Profeto Serpa (que probablemente me odiaba porque yo escribía en mi casa de lo que me daba la gana y ganaba más dinero que él, mientras que él estaba obligado a las servidumbres de la burocracia periodística) me comunicó que mudarían mi columna de los domingos a los lunes. No me sentó bien la noticia, desde luego, porque los domingos el periódico era cuatro o cinco veces más leído que los lunes. Sin embargo, no quise hacer un escándalo por esa nimia mezquindad, que ya prefiguraba la guerra sorda que libraría el cretino de Profeto contra mí. Poco tiempo después, me pasó de la página de cultura a la de espectáculos. Me sentí humillado, más aun porque no fui consultado de tal mudanza de sección. Le escribí a Profeto en tono irónico: «Supongo que has pasado mi columna de cultura a espectáculos porque mi prosa te parece espectacular». Profeto Serpa no celebró la ironía y se vengó chuscamente: me dijo que el periódico estaba en crisis (lo había estado desde que se fundó) y que no podía seguir pagándome mis crónicas semanales. A pesar de ello, y como en realidad no necesitaba ese dinero, que era poca cosa, le dije que estaba dispuesto a seguir publicando mis crónicas, aun si no me las pagaban. No esperaba esa respuesta, de modo que las publicó cuatro o seis semanas más. Luego me escribió diciéndome que no quería más mis columnas. Me lo dijo en estos términos:

Siento que has cumplido tu ciclo y que mereces un año sabático. Bien, encajé el golpe, perdí mi columna semanal, no pude colocarla en otro diario. No parece exagerado decir que si Profeto fue lo bastante bastardo como para echarme aun cuando ya no me pagaban, se ha ganado que ahora sea yo quien decida que su ciclo ha terminado y que se tomará un infinito sabático en el más allá. Profeto Serpa, pedazo de caca, no tendrás tiempo de arrepentirte por haber guillotinado mi columna y me ocuparé de que mueras lentamente, con sufrimiento, y sabiendo que soy yo quien te está matando.

Será luego el momento propicio (y no debo demorarme, solo tengo seis meses cuando mucho para matar a esos cinco hijos de puta) para matar al editor, mafioso, ladrón, plagiario y mitómano de Jorge Echeverría. Esta alimaña ha conseguido amasar una considerable fortuna editando mis libros sin permiso y sin pagarme regalías. No se trata, desde luego, de un ladrón original: es un editor profesional, un editor tramposo, un editor que me compraba los derechos de un libro por tres años, me pagaba un dinero mezquino y, cumplidos esos tres años, no me renovaba el contrato ni me pagaba las regalías pero continuaba editando y vendiendo mis libros con absoluto descaro, exhibiéndolos en todas las librerías, almacenes, aeropuertos y gasolineras que le fueran accesibles. Echeverría tiene prestigio y por eso mi agente y yo quisimos que mis libros fuesen publicados por su editorial Perfil Bajo en todos los países de habla hispana. Pero lo que mi agente y yo no sabíamos era que Echeverría era un mafioso de cuidado y un ladrón consumado y que se robaría mis libros hasta el final de mis días o de los suyos, sin que nada podamos hacer para impedirlo, pues mi agente ha protestado, yo mismo lo he llamado para quejarme de que siga vendiendo mis libros cuando ya no tiene derecho de imprimirlos y cuando no tiene siquiera la cortesía de pagarme las regalías, pero él, con voz imperturbable y haciéndose la víctima, nos ha dicho —es un admirable embustero y miente mejor que nadie; debió ser escritor, no editor— que los libros que sigue vendiendo en toda América no los ha imprimido recientemente, sino que son «ejemplares sobrantes» de los primeros tirajes que hizo de mis novelas, veinte o quince años atrás. Por supuesto, esto no puede ser verdad. Los primeros tirajes de mis novelas, que Echeverría supo colocar en el mercado con su astucia de mercachifle que posa de intelectual, fueron limitados, modestos, porque ni Echeverría ni mi agente ni yo ni nadie podía imaginar que venderíamos tantos libros. El éxito comercial de mis novelas —un evento fortuito e inexplicable que ocurrió desde que Echeverría publicó la primera de ellas y que no cesó hasta que escribí la tercera y última, cerrando una trilogía para retirarme de la literatura o curándome de esa enfermedad— se disparó a los pocos meses de que saliera mi primer libro, *Pajas*, del que, me consta (porque acompañé a Jorge Echeverría a la imprenta y lo ayudé a distribuir los primeros ejemplares en las librerías), se hizo un tiraje de apenas cinco mil ejemplares. Ese libro salió hace veinte años ya y calculo que Echeverría, además de vender los primeros cinco mil, debe de haber vendido otros ochenta o cien mil en América Latina y los Estados Unidos, sin pagarme un miserable centavo y alegando, como gran farsante y refinado cleptómano, que esos miles de miles de ejemplares de *Pajas* corresponden a los «sobrantes» de cuya primera edición yo fui testigo. De modo que el editor mafioso y ladrón me miente y me roba sabiendo perfectamente que yo no podría ignorar que está mintiéndome y robándome, y le importa un cuerno partido por la mitad que esto a mí me moleste como es natural y cause estragos en mi salud y deje un pozo de rencor y odio en mi espíritu. Porque la operación de despojo, el robo en mis narices de mis propios libros, no se detuvo con el primero. En esto, mi agente y yo fuimos cándidos al darle a Echeverría mi segundo libro, *Coños*, y el tercero, *Tetas*, que vendieron aun más que el primero. ¿Cuántos libros, cuánto dinero me ha robado el editor de Perfil Bajo? No lo sé, y creo que prefiero no saberlo. Pero siempre que paso por una librería, un supermercado, una farmacia y veo una de las tres novelas que escribí, o dos de ellas, o las tres separadas, o las tres en un volumen de lujo que editó Echeverría sin consultarme y pagándome una miseria, me asalta una sensación de rabia e impotencia, y me siento no un escritor leído o exitoso sino un perfecto idiota que hizo tres novelas a lo largo de diez años para que un editor mafioso se quedara con la fortuna que debería pertenecerle. Es bien sabido que los editores siempre roban a los escritores, o casi siempre, pero lo de Echeverría conmigo sobrepasa los límites del decoro y la mínima urbanidad: ya no es robo, sino saqueo y violación. Por eso, las incontables humillaciones que he pasado por su culpa (cada circunstancia en la que he visto mis libros impresos por él clandestinamente, cada momento pernicioso en el que he sido testigo de que alguien comprara uno de esos libros piratas pero con aire de absoluta legalidad) solo pueden vengarse de un modo justo con la muerte, de ser posible lenta y dolorosa (como lento y doloroso ha sido para mí ver cómo me robaba y sigue robando) del editor ladrón y mafioso y mitómano de Perfil Bajo, el legendario (hijo de puta) Jorge Echeverría.

Pudiendo haber ganado la fortuna que mi editor me escamoteó, no he pasado, sin embargo, privaciones o apuros económicos, en parte porque soy hijo único y heredé bastante dinero de mis padres, y en parte porque de todos modos he ganado con mis libros más dinero del que nunca imaginé (pero esa cantidad es minúscula, irrisoria, comparada con la que ha ganado, hurtándomela, el miserable de Echeverría). Mi agente y yo recibimos no hace mucho una invitación que nos dejó perplejos, incrédulos: Echeverría cumplía treinta años como editor, o su editorial los cumplía, que para el caso viene a ser lo mismo porque él la fundó y es el único dueño de esa editorial con filiales en toda América pues se ha negado a vender aunque sea una parte a poderosas editoriales extranjeras, y, sabiendo que nosotros sabemos que él nos ha robado nuestras regalías y anticipos en los últimos quince o incluso veinte años (que son, sin exagerar, algunos millones de dólares), nos invitaba a su casa de La Planicie para celebrar con él su colosal éxito y para agradecernos por lo mucho que mis libros hicieron para consolidar y hacer rentable su empresa (que cuando publicó *Pajas*, mi primera novela, era un negocio incipiente y al borde de la quiebra). Mi agente y yo, tras largas y acaloradas discusiones, acordamos que asistiríamos a la cena en casa de Echeverría solo para intentar robarnos todo lo que pudiéramos: un cuadro, una alfombra, un plato de plata, una botella de champán, lo que fuera que nos redimiera de nuestra condición de víctimas idiotas e impotentes de la rampante codicia de Echeverría. En efecto, nos vestimos elegantes y acudimos aquella noche a su casa de La Planicie, solo para comprobar, escandalizados, que Echeverría no vivía en una casa ni en una casona, ni siquiera en una gran residencia, sino que vivía en una mansión de lujos chirriantes, una mansión de tres pisos con ascensor (*para mi vejez*, nos explicó Echeverría con voz trémula y beatífica, enseñándonos el ascensor), un inmenso jardín hermosamente cuidado y una piscina resplandeciente. Mi agente me susurró al oído: *Esta es la casa que te robó. Esta casa la ha construido con los*

libros que nos viene robando. Aquí deberías vivir tú y no él.
Puede que tuviera razón, y que esa mansión impoluta la
hubiese construido con los dineros que me birló con tanta astucia como falta de escrúpulos, pero aun si eso fuera
cierto, yo no podría vivir en esa casa tan ostentosa, en esa
casa de nuevo rico, en esa casa que era, a todas luces, la
de un ladrón eufórico de que sus pillerías quedaran impunes. Aquella noche mi agente y yo recorrimos la casa
de La Planicie menos por curiosidad que por tratar de robarnos algo, pero fue poco y pintoresco lo que consegui-
mos esconder yo en mis bolsillos y ella, mi agente, en su
cartera: yo robé dos bolígrafos de oro de su escritorio y mi
agente robó un cenicero de cristal y una colección de cucharitas de plata. Cuando salimos se nos había pasado la
rabia y nos reíamos por el ruido que hacían las cucharitas
en la cartera de mi agente. Con seguridad, Jorge Echeverría notó esa noche, o al día siguiente, que alguien le había
robado esos pequeños objetos de escaso valor; con absoluta
seguridad pensó en nosotros como los ladronzuelos ren-
corosos. Esa noche, mirando los bolígrafos de oro, tendido en mi cama, recordando la mansión en que vivía, los
cuadros de pintores famosos que exhibía en sus paredes,
el perfume excesivo que exudaba su mujer (treinta años
menor que él), el tamaño desmesurado de su baño y de la
bañera en la que seguramente debía de celebrar una larga
cadena de robos victoriosos, me sentí humillado no tanto por todos los miles de libros que Echeverría ha vendido
hurtándomelos, sino por la insolencia que entrañó el gesto
de invitarme a su mansión y enseñarme lo estupendamente bien que vive gracias a lo estupendamente bien que me
ha robado en veinte años. Esa noche, desvelado, pensé en
matarlo, y ahora que sé que me quedan pocas semanas de
vida, siento la imperiosa necesidad de que ese editor ladrón
muera antes de que yo muera y de que muera viéndome

matarlo, y en su propia casa, y tal vez después de sodomi-
zar y matar a su mujer obscenamente perfumada.

No será, en ese caso, la única mujer a la que tendré que matar. Son cinco los hijos de puta en mi lista de
venganza y la quinta víctima es una mujer, no la mujer
del editor ladrón (a la que no sé si mataré), sino una mujer que algún día, hace ya años, fue mi socia, mi amiga
y mi amante, y que luego, como debí imaginar, acabó
traicionándome. Cuando la conocí era joven, tenía vein-
ticinco años y yo treinta. Ahora tendrá cuarenta y cinco
o poco menos, y yo estoy a meses de cumplir cincuenta,
un cumpleaños incierto, al que sospecho que no llegaré
vivo. Era guapa y, sobre todo, era apasionada de los libros
y leía mucho, y fue una de las primeras personas en leer
el manuscrito de *Pajas* y en animarme con entusiasmo a
publicarlo. Esa novela se la dediqué a ella, a Alma Rossi.
No me arrepiento. Esa novela, y las otras dos que escribí,
se las debo en considerable medida a ella, a Alma Rossi,
que estaba segura de que mi destino era, tenía que ser, el
de un escritor, y que no dudaba de que yo poseía algún
talento o alguna mínima pericia para narrar ficciones.
Alma Rossi fue mi amiga y mi amante, pero ante todo
fue la persona que más me alentó para atreverme a ser un
escritor y la que más me acompañó y consoló en los momentos de dudas o contrariedad. Nunca pensé que Alma
Rossi me podría traicionar. Todos, menos ella. Alma era,
o así quiero recordarla, una mujer decente, honorable,
con un alto sentido de la integridad personal, una mujer
dedicada por entero al culto de los libros, de la belleza de
la literatura. No escribía, se negaba a hacerlo (y yo la ins-
taba a menudo), pero leía más que todas las personas que
he conocido, y amaba ciertos libros y a ciertos autores con
una devoción parecida a la reverencia que sienten algunos
por los santos o las vírgenes. De ese modo incondicional

y cargado de admiración me veía y me amaba Alma Rossi cuando nos conocimos en una librería y sentimos una extraña atracción mutua y terminamos tomando café y hablando de los libros que habíamos leído y de los que queríamos escribir, o de los que yo quería escribir. Desde entonces nos hicimos inseparables, y la amistad parecía indestructible. En algún momento, una noche que cenamos juntos y tomamos más vino que el prudente, esa amistad se desbordó: ella me bajó la bragueta, me bajó el pantalón, me bajó el calzoncillo y metió mi verga en su boca. Desde entonces se nos hizo una costumbre que ella me la mamara cuando más le apetecía, y curiosamente nunca me pidió que hiciéramos más que eso, nunca quiso que se la metiera en la vagina o en el culo, que tuviéramos otro tipo de relaciones sexuales a no ser por el sexo oral que ella me procuraba con admirable eficacia y sabiduría (un servicio para el que parecía haber nacido o que parecía haber aprendido en una escuela oriental). Fueron muchas, incontables, las ocasiones en que Alma Rossi, sin decirme palabra, me bajó la bragueta y metió mi pinga en su boca y me la chupó paciente y generosamente y se rehusó a que terminara afuera: parecía gozar de un modo muy particular cuando eyaculaba dentro de su boca, lo que no le causaba asco ni disgusto alguno y resultaba para mí, al mismo tiempo, incomprensible y placentero en grado sumo. Con el paso del tiempo, Alma Rossi tuvo algunos amantes, algunos novios, pero nunca se casó, nunca tuvo hijos, y siempre vivió en la casa de su madre. Cuando su madre murió y ella heredó esa casa de San Isidro (en la calle Burgos, a media cuadra de la avenida Salaverry), se quedó viviendo allí, sola y con una perra, y al parecer contenta con su soledad. Todo ese tiempo me acompañó como amiga, me animó como lectora y me procuró indecibles placeres como amante hincada de rodillas. Todo ese tiempo yo también tuve otras amantes, otras novias, pero tampoco me casé ni tuve hijos, y la relación de amistad y de sexo oral que tenía con Alma Rossi parecía ser superior en todo sentido a las que conseguía tener con otras mujeres más atractivas que ella, pero ninguna tan enloquecida por la literatura (ni por mi pene en su boca) como ella, Alma Rossi, mi amiga entrañable y yo pensaba que para toda la vida.

Pues me equivoqué: llegó el día aciago en que Alma Rossi me traicionó y por eso ahora siento el deseo quemante de matarla (después de que me la haya chupado por última vez). La traición fue artera, alevosa. La traición no fue una sola, sino una suma de felonías y deslealtades. El final me dejó estupefacto y asqueado de la especie humana y de todo el semen que dejé en su boca. Un día, cuando ya Echeverría editaba mis libros en muchos países del continente habiendo expirado los derechos que alguna vez poseyó sobre ellos, y cuando Alma Rossi y yo veíamos con indignación cómo todo esto ocurría sin que nadie pudiera impedirlo, ella tuvo la idea (que me pareció brillante) de que, para protegernos de los robos descarados de Perfil Bajo (que en efecto hacía honor a su nombre y me robaba guardando un perfil muy bajo, porque nunca pude saber dónde imprimían mis libros furtivamente ni cómo los distribuían en tantos países cuando la ley se lo prohibía al cabrón de Echeverría), fundásemos una editorial ella y yo y nos ocupásemos de imprimir y distribuir mis libros, la trilogía *Pene Primavera*, que con tanto esfuerzo y obstinación había escrito. No tuvo que hablarme mucho para convencerme. Acepté encantado ser su socio. Ella me dijo que se encargaría de todos los trámites legales, como en efecto se encargó con diligencia. Yo pagué todo, y acordamos de palabra que seríamos dueños a partes iguales del negocio y de las ganancias que dejara. Ella sugirió llamar Archipiélago Infinito a la editorial y así quedó inscrita en los registros públicos. Yo le daba todo el dinero que ella me pedía para imprimir unas ediciones muy cuidadas y bien ilustradas en la portada de *Pajas, Coños* y *Tetas*. Quedé asombrado con la eficiencia de Alma Rossi. Hizo un trabajo espléndido. Nuestros libros, además de ser legales, eran mucho más lindos que los que seguía vendiendo mercenariamente el ladrón de Jorge Echeverría. Y no se vendían mal, y dejaban ganancias, y Alma me pedía más y más dinero para nuevas impresiones, para mandarlos a tal o cual país latinoamericano. De pronto, un buen día nos dimos cuenta de que habíamos conseguido lo que nos habíamos propuesto: los libros editados por Archipiélago Infinito se vendían en proporciones considerablemente mayores que los producidos sin permiso por Perfil Bajo. Echeverría debía de estar histérico, esto no estaba en sus cálculos; él siempre pensó que yo era un haragán y que no tendría la capacidad de montar una editorial (aunque no se equivocó en eso: yo solo no hubiera podido, todo lo hizo Alma Rossi) y ahora sus libros «sobrantes», o sea los libros que mandaba imprimir con hampones y facinerosos, los libros que me robaba, se vendían poco y mal, porque costaban más y eran menos atractivos que los que Alma Rossi, con admirable tenacidad, editaba en la pujante Archipiélago Infinito. Pasó entonces algo que nunca podré explicarme y que ella tampoco quiso explicarme porque su silencio lo explicó todo: Jorge Echeverría llamó a Alma Rossi, se reunieron a mis espaldas, Echeverría le propuso una montaña de dinero para comprar nuestra editorial y Alma, sin consultarme, se la vendió. ¿Pero no era yo el dueño a medias de la editorial? No: Alma Rossi me había mentido cuando me dijo que nos había inscrito como dueños a medias, pues, en realidad, se había inscrito ella como dueña absoluta, y por eso no tuvo impedimento legal alguno para venderle Archipiélago Infinito a nuestro enemigo Jorge Echeverría, quedarse con una montaña de dinero y darme de baja como amigo, socio, amante y ocasional ocupante de sus cavidades bucales. Alma Rossi se vendió como nunca pensé que sería capaz de venderse una persona noble e idealista, entregada por completo al culto de la literatura, de la belleza artística. Bastaron una llamada de Echeverría, una conversación taimada, un intercambio de cifras, un cheque y un apretón de manos para que Alma pasara a ser amiga y empleada del editor ladrón, y para que, sin ninguna aparente dificultad o dolor o remordimiento, me borrara por completo de su vida. En poco tiempo, y como era previsible, Archipiélago Infinito desapareció, y Alma Rossi pasó a trabajar con Echeverría en Perfil Bajo, ahora como una señora millonaria con una mansión en La Planicie, el mismo barrio donde vivían Echeverría y su mujer, y sin duda prestándole al editor ladrón los mismos servicios bucales que me había prestado a mí con tanta sabiduría. Aunque podría decirse que Alma Rossi murió para mí, nunca pude recuperarme del vacío y la tristeza que me provocaron su traición y su abandono. No podría decir que la odio. No la odio. No puedo odiarla. Son muchos los buenos recuerdos que guardo de ella. Pero, aunque no puedo odiarla, sí la desprecio, y la desprecio a tal punto que no quiero morir antes de hacer justicia con Alma Rossi: quiero verla morir con mi verga en su boca, pidiéndome perdón, atragantándose. Así morirá, después de que haya muerto su jefe, el ladrón de Echeverría, que no solo me robó mis libros, sino que además tuvo la desfachatez de robarme a mi mejor amiga. Alma Rossi, la puta que te parió, tus días ahora están contados como los míos, o más contados que los míos.

TRES

No sé muchas cosas de Hipólito Luna, salvo que lo odio y debo matarlo. Sé que dicta clases de literatura en la Universidad Católica, que se dice católica pero está gobernada por un puñado de mediocres ex comunistas enemigos de la ortodoxia católica. Sé que por las noches (es de presumir que el salario como profesor no le alcance) da un taller de literatura (en el centro cultural de la Católica) para enseñar a escribir, taller al que asisten entre diez y quince personas, la mayor parte señoras millonarias y aburridas que desean cultivar su vena artística y que nunca serán capaces de escribir tres líneas presentables (como su profesor, el gusano baboso y jactancioso de Hipólito Luna). Sé que no tiene auto y que se moviliza en el transporte público, si podemos llamar «transporte público» al caos de las camionetas cochambrosas que recorren como cucarachas la ciudad, llevando pasajeros apiñados, desvencijadas y conducidas por sujetos de aspecto patibulario, y cuyos usuarios, que no saben si se movilizan hacia un lugar o hacia la muerte, debido a la proliferación de estos cacharros no tienen que esperar mucho tiempo en las esquinas (aunque estos adefesios de vehículos altamente tóxicos importados desde algún país oriental con el timón al lado derecho se detienen donde le venga en gana al conductor, sea la esquina o a media cuadra o donde pueda levantar a un pasajero como Hipólito Luna, un pobre diablo que no puede comprar siquiera un enano auto coreano y tiene que confundir su halitosis con la pestilencia de desconocidos compañeros de viaje). Si yo tuviera mucha suerte, Hipólito Luna moriría en un accidente de tránsito, hacinado en una de esas camionetas que, sumadas, desplegadas por las calles y avenidas de la ciudad, parecen los tanques averiados y fragorosos de un ejército invasor. Pero tanta suerte no tengo y por eso no puedo esperar que un chofer vuelque su camioneta y aplaste al gusano baboso que lleve dentro.

Sé también que Hipólito Luna acude una o dos veces por semana al centro de Lima, al maltrecho local del diario *La Voz del Pueblo*, para dejar sus críticas literarias, es decir sus frascos de veneno, sus cápsulas de cianuro y cicuta, a no ser que se trate de algún amigo suyo, en cuyo caso lo que deja es un panegírico bochornoso donde poco le falta para pedir el Nobel (de Literatura o de cualquier otra cosa) para su bienamado amigo, que pronto le devolverá con creces tales elogios.

Sé también (y esto me preocupa y me genera problemas de conciencia, si puedo tener problemas de esa naturaleza) que Hipólito Luna vive con una mujer (al parecer sin que la haya secuestrado, lo que me deja perplejo y descorazonado sobre la especie humana: ¿cómo una mujer puede amar, desear a ese bicho malo y cruel?) y con un niño pequeño que esa mujer le ha parido. No teniendo duda ninguna sobre la urgencia moral de exterminar a la alimaña de Hipólito Luna, siento una leve tristeza al recordar que su hijo quedará huérfano de padre. Pero enseguida me digo que, bien miradas las cosas, le haré un favor (y no menor) al crío infortunado que se originó de un derrame seminal de Hipólito Luna: es mejor que no conozca a su padre, que no lo recuerde, que no sepa nada de él, que le cuenten que su padre fue un buen tipo y un gran escritor, porque si el niño es mínimamente perspicaz, no tardará en advertir que le ha tocado como padre un parásito, una sanguijuela, un gusano venenoso. No es justo, por tanto, que ninguna criatura humana pase por el trance traumático y desgarrador de ser hijo de Hipólito Luna: esto tiene que ser repugnante y puede conducir al suicidio o al parricidio (siendo preferible esta última opción, desde luego, pero yo le ahorraré el trámite al niño Luna matando en los próximos días al pestilente sujeto que es su padre).

Podría alegarse que Hipólito Luna, siendo crítico literario, estaba en todo su derecho de vomitar improperios sobre mis tres novelas y que no tenía por qué gustar de ellas ni por qué inhibirse de expresar con ferocidad su desprecio por mi trabajo literario. Podría alegarse también que en cuestiones artísticas todo es debatible y que lo que a Luna le parece estiércol puro puede parecerme a mí una obra de arte (yo, por ejemplo, pienso que Luna es estiércol puro y sospecho que él piensa que es una obra de arte, a juzgar por la melena enredada y descomunal que se ha dejado crecer, dándose aires de genio incomprendido). Podría alegarse, entonces, que matar a Hipólito Luna debido a que criticó con virulencia mis tres novelas es un acto que encierra intolerancia, narcisismo, egolatría: como no puedo soportar que alguien escupa y defeque y mee sobre mi trilogía *Pene Primavera*, debo vengar la humillación que me ha sido infligida (los puntapiés que mi ego ha recibido) matando al agresor.

Podría alegarse todo eso y la verdad es que me chupa un huevo quién tiene la razón: si Hipólito Luna cuando publica extensos y demoledores artículos diciendo que mis libros son una basura y que soy un escritor abominable que debería dedicarse a la cría de cangrejos o a la tintorería porque mis libros son un agravio a la literatura que él procura defender de mis chuscas acometidas, o si yo cuando me propongo matar a Luna por haberme querido matar como escritor en esos artículos en los que uno podía percibir que los argumentos estaban animados ante todo por un odio visceral, por el transparente deseo de destruirme como escritor y, de ser posible, también como persona.

No tengo a la mano los artículos que publicó Hipólito Luna en *La Voz del Pueblo* cuando salieron mis novelas, separadas una de la otra por tres años exactos, de modo que la trilogía ocupó una década de mi vida, entre los treinta y cinco y los cuarenta y cinco años, tras lo que me retiré de la literatura (que es lo que digo oficialmente para encubrir la verdad: que el pánico se apodera de mí cuando pienso en una cuarta novela, sobre la que no tengo tema, atmósfera, personajes ni trama, y sobre la que pesa el temor de que sea un fracaso absoluto y manche mi trilogía *Pene Primavera*, que ha tenido un éxito descollante de ventas y de crítica, con la solitaria excepción del miserable de Hipólito Luna). Sin embargo, recuerdo con exactitud ciertas frases preñadas de veneno puro, espumoso y vil que dejó escritas Luna a poco de que saliera cada una de esas novelas.

Cuando publiqué *Pajas*, creo recordar que Hipólito Luna escribió: «Lo más escabroso de esa novela no son las grotescas e innecesarias situaciones sexuales; lo más escabroso de la novela es la prosa misma».

Cuando tres años después publiqué *Coños*, estoy seguro de que Hipólito Luna, envidioso por el éxito de *Pajas*, y desesperado por sabotear el lanzamiento de *Coños*, se descolgó con un libelo salpicado de epítetos desdeñosos y baba letal. Recuerdo en particular una frase que decía así: «En las páginas de *Coños* no intente el lector hallar algo remotamente parecido a la buena literatura o siquiera a la literatura liviana y comercial: hallará, advertido está, manchas de semen, esperma pegajosa. Javier Garcés no ha escrito una novela: ha eyaculado una novela. Haría bien en usar preservativos. La literatura se lo agradecería».

No fue menos cruel cuando publiqué *Tetas*, cerrando la trilogía *Pene Primavera*. En la misma página de *La Voz del Pueblo*, diario leído por un puñado de resentidos, mediocres y fracasados (la cofradía de los escritores frustrados), Hipólito Luna escribió (cito de memoria, pero estoy casi seguro de que esto fue lo que escribió): «Javier Garcés no es un escritor: es un mercader, un mercachifle, un vendedor de sebo de culebra. Javier Garcés no es un artista: es un impostor, un mercenario, un fraude. Javier Garcés no es capaz de escribir un buen libro porque cuando se sienta a escribir esos mojones que llama "novelas" solo está pensando en cuántos libros venderá, en cuántos millones ganará. Plumíferos de la calaña de Garcés corrompen, envilecen, acanallan el noble oficio literario y lo convierten en una actividad contaminada por la ambición y la codicia. Javier Garcés no escribe novelas: evacua novelas, defecando sobre sus lectores y, de paso, esquilmando a los incautos que no son capaces de distinguir la mierda del arte. Las novelas de Garcés tienen la forma de la mierda, la textura de la mierda, el hedor de la mierda, se parecen tanto a la mierda que no podrían sino ser mierda pura. Y no es porque Garcés sea un escritor de mierda: es porque Garcés no es un escritor, sino un sujeto que cuando golpea el teclado de su computadora no persigue nada parecido al arte o la belleza sino que piensa obsesiva y vilmente en el dinero que habrá de ganar. Ya es hora de que alguien le diga al señor Garcés "¡basta ya de cagarse sobre todos nosotros!"».

Bien, esto es lo que recuerdo de las críticas de Hipólito Luna. Aunque durante un tiempo lo hice, no guardo más estos libelos porque no he querido provocarme daños hepáticos. Aun a riesgo de parecer arbitrario (y estando a punto de morir poco me importa parecer tal cosa o tal otra; lo único que me importa es hacer tales o cuales cosas que me procuren placer indudable), creo que tengo derecho de odiar a Hipólito Luna, creo que tengo derecho de matarlo. Podían no gustarle mis libros: bastaba con leer el primero y no leer los demás, simplemente ignorarlos y despreciarme con su indiferencia, con su silencio. Pero no: Luna eligió ser el más ponzoñoso y persistente de mis enemigos y difamadores, se tomó el trabajo de escribir largos artículos envenenados y de suplicar que se los publicasen (sin pagarle) en ese pasquín pulgoso que es *La Voz del Pueblo*, se propuso hacer una carrera como el crítico implacable que, incapaz de escribir una gran novela, me destruiría como escritor para redimir su mediocridad.

Si bien no lo logró, es de suponer que se sintió satisfecho y orgulloso cuando publicó esos libelos contra mí y que incluso ganó algunos amigos en la cofradía de los escritores frustrados, que aplaudió su coraje y festejó la insolencia y la desfachatez de sus críticas.

No es que odie a Hipólito Luna por lo que escribió sobre mí: lo odio porque gente como él afea el mundo y no merece existir. Si hubiera escrito esas mismas barbaridades contra otro escritor, sentiría igualmente que debe morir. Porque un escritor (si algo de nobleza o talento se esconde en sus vísceras) no debería nunca ensañarse con un colega y procurar machacarlo hasta aniquilarlo. Este es un acto innoble, azuzado por la envidia y el rencor. Si un escritor desprecia a otro, basta con no leerlo, basta con escribir libros infinitamente superiores, basta con humillarlo infligiéndole páginas de una virtud inalcanzable para él, basta con escribir y callar y dejar que el tiempo ponga las cosas en su lugar. Pero cuando un escritor pone tanto empeño en destruir sistemáticamente a otro (que a final de cuentas es un colega y un competidor), actúa como un mafioso y no como un artista, aunque el tal Hipólito Luna ni siquiera llega a mafioso, es solo una araña venenosa, un alacrán que no puede evitar la tentación de clavar su aguijón aun a riesgo de perder la vida: de eso me ocuparé, sin importarme si me asisten o no la razón o la justicia en este pequeño y delicado acto de depuración de la especie humana que me propongo acometer, con el que dejaré viuda a la mujer de Luna y huérfano al niño Luna, pero purificaré a la humanidad de una criatura tan hedionda y vomitiva como el melenudo crítico literario y escritor fracasado Hipólito Luna, profesor universitario, organizador de talleres literarios (mejor le iría si pusiera un taller mecánico) y usuario del transporte público de Lima.

Hemos llegado a un asunto crucial: cómo matar a Hipólito Luna sin que haya testigos, sin que me capture la policía y (lo que más me aterra) sin que me salpique su sangre en la cara. Es decir: cómo matarlo sin que nadie sepa que fui yo quien lo mató y (lo que más me preocupa) sin mancharme en modo alguno. Es decir: cómo ejecutar el crimen perfecto, siendo indispensable para que sea perfecto que Hipólito Luna sepa antes de morir que soy yo quien lo está matando en un ramalazo de éxtasis.

Nunca he matado a nadie. Quiero decir, nunca he matado a ninguna criatura humana. He matado arañas, cucarachas, mosquitos, alacranes, escorpiones, escarabajos, lagartijas (arrojándoles cocos), un perro al que atropellé sin querer, centenares de moscas (ahora que soy un escritor retirado lo que más me gusta es pasarme la mañana matando moscas: me produce tal goce, que debe de ser mi vocación). Pero nunca he matado a una persona. En realidad, he sido cómplice de interrumpir la vida de dos personas, pero no me parece que eso pueda calificarse como asesinato. Fueron dos abortos que esas dos mujeres desearon practicarse y se practicaron sin aparente remordimiento (a la segunda le rogué que no abortara, pero no me hizo caso; a la primera le rogué que abortara y no dudó en hacerme caso), de modo que ellas y yo somos responsables de haber impedido que esas vidas en gestación se convirtieran en personas y me llamaran «papi». Nunca nadie me llamó «papi» o «papá», y ahora lamento que esas dos mujeres a las que dejé embarazadas abortasen. Me hubiera gustado tener un hijo pero ni una ni otra quería enredarse conmigo para toda la vida, ambas sabían que no era una persona de fiar, y yo no opuse mayor resistencia cuando fueron a abortar, solo mandé flores y chocolates, y no las llamé nunca más: no puedo desear a una mujer que haya abortado un hijo mío, no puedo volver a entrar en ella; la sola idea me repugna.

No tengo, pues, experiencia en el oficio en el que voy a inaugurarme: el de homicida, asesino a sangre fría, sicario contratado por su propia conciencia. Hipólito Luna será la primera persona que mataré. Él se ha ganado esos laureles, ese derecho, el galardón de ser el primero en la lista de los cinco hijos de puta a los que mataré antes de morir.

Cuando mi padre murió, me dejó, entre otros objetos preciados por él (particularmente, relojes de lujo), una pistola semiautomática italiana con silenciador, que había guardado siempre en su caja fuerte por si alguna noche se metía un hampón a la casa y él lo recibía con una lluvia de plomo, el ruido amortiguado. Esa pistola, una Beretta nueve milímetros, quedó entre mis pertenencias y nunca la he usado, pero sé que está cargada. Mi padre, antes de morir, la disparó un par de veces en el jardín para enseñarme a operarla. El silenciador ya está puesto y las balas están colocadas en la recámara, y solo debo destrabar el seguro, apuntar y apretar el gatillo para que un silbido fugaz ras-

gue la quietud de la noche y penetre en las carnes flácidas
y pestilentes de Hipólito Luna.

Después de examinar cuidadosamente la situación y seguir durante algunos días a Luna sin que advierta mi presencia (yo soy de los escritores que tienen dinero
para comprar un auto, y dos también; no es, por desgracia, el caso de Luna, qué injusta es la vida), he llegado a
algunas conclusiones simples y diría que irrebatibles: no
debo matarlo en la universidad, no debo matarlo en su
taller literario, no debo matarlo en su departamento de la
Residencial San Felipe (pues su mujer y su hijo ya bastante sufren viéndolo vivir como para añadirles el flagelo de
verlo morir en sus narices), no debo matarlo en ningún
lugar donde me vea otra gente, no debo, por consiguiente, matarlo tampoco en esos colectivos chocarreros a los
que sube el pobre infeliz de Hipólito Luna, que se cree
superior a los demás pasajeros del colectivo porque ha leído (o tratado de leer) a Faulkner y a Proust, pero que, al
pagar el pasaje de cincuenta céntimos, es una mano su-
dorosa más que se extiende para dejar caer la moneda, es
un pejesapo más que capturan como redes esos colectivos
manejados por criminales que no han leído (ni tratado
de leer) a Faulkner y a Proust, y que, al final del día, sin
embargo, ganan más dinero que el paupérrimo crítico y
profesor Hipólito Luna, amante del arte, de los mocos
que se escarba en la nariz, de las flatulencias que despide
y de la melena viscosa que exhibe como si fuera Mozart
cuando es solo un gusano peludo.

He llegado entonces a la conclusión de que el escenario más propicio para sorprender a Hipólito Luna son
las calles tenuemente iluminadas que recorre de noche,
al bajar del colectivo en la avenida Brasil y caminar por
la calle Río de Janeiro hasta la Residencial San Felipe, el
edificio-gallinero-ratonera donde habita con su mujer y su

hijo. Es allí donde tengo que interceptarlo, en la calle Río de Janeiro, pero Luna suele bajar del colectivo en la avenida Brasil a las diez y media de la noche, y es frecuente que a esa hora no sea el único caminando esas cuadras. Debo, por tanto, extremar la prudencia y evitar cualquier testigo que luego me delate. No porque me dé miedo ir a la cárcel, a estas alturas poco me importaría sabiendo que mi muerte es inminente, sino porque me sentiría un inepto no habiendo completado el trabajo para el que me he preparado, sin saberlo, toda mi vida: el de matar a esos cinco hijos de puta. Matar solo a uno no bastaría.

Lo he visto con absoluta claridad y es así como ocurrirán las cosas: Hipólito Luna está arrastrándose, reptando casi entre el paradero en la avenida Brasil y la Residencial San Felipe, el edificio-gallinero-ratonera donde habita, y de pronto detengo mi auto en la calle Río de Janeiro, bajo la ventana automática, digo su nombre con voz amable o afectuosa o exenta de vitriolo, y Luna, baboso y trepador como es, baboso y pérfido como es, baboso y cretino como es, no duda en acercarse y saludarme como si fuéramos amigos, extiende su mano, toco esa mano que parece la pata de una iguana o la cola de una serpiente, y le digo que por favor suba, que quiero invitarlo a tomar un café, que hace mucho que tengo ganas de conversar con él. Sin imaginar el peligro en que se halla, Hipólito Luna sonríe con una mueca taimada, se acomoda en mi auto y me mira como si nunca hubiera escrito las bazofias y canalladas que publicó contra mí y me pregunta adónde vamos. *A tomar un cafecito*, le digo, pero Hipólito Luna no sabe que no tomará ningún cafecito, no sabe que le quedan cinco o diez minutos de vida, no sabe que lo que tomará será el impacto de tres balas calibre nueve milímetros que entrarán en su cabeza como una cuchara en un plato de gelatina.

CUATRO

Ahora Hipólito Luna está sentado en el asiento a mi lado mientras conduzco mi auto lentamente y su rostro mofletudo, su boca acuosa, su hedionda cabellera casposa, su mirada esquiva, que anuncian pavor, estupor y cobardía, me confirman lo que siempre pensé: que es un mequetrefe, un pelafustán, un pusilánime incapaz de decirme en la cara todas las palabras vitriólicas que escribió en sus críticas contra mis libros. Es un hombre paralizado y al mismo tiempo sometido por el miedo, que lo induce a ser untuoso, zalamero, exactamente lo que esperaba de un miserable como él, muy valiente para insultarme cuando escribe en la pocilga que ha de ser su casa pero no tan valiente para decirme esas mismas cosas ahora que le he sugerido con voz amable que suba a mi auto para tomarnos un cafecito. *Un cafecito*, así hablamos en Lima, en diminutivos, *un cafecito, un vinito, un champancito*, y así voy a matar a Hipólito Luna, despacito, poquito a poco.

Siendo un cobarde, Luna no es un completo idiota, porque advierte que está en peligro, sabe que no soy persona de andar invitando cafecitos a sus enemigos. No sabe que voy a matarlo, pero seguramente intuye o presiente o adivina que no tomaremos ningún cafecito y que mis intenciones solo pueden ser malas o peores, en ningún caso buenas. Tal vez por eso, para escapar del peligro en el que se halla (y percibe bien la gravedad de las cosas), me dice con voz gangosa, con voz pedregosa, como si fuera gago o tuviera una flema enroscándose en sus cuerdas vocales:

—Mis críticas fueron a tus libros. No me gustaron tus libros, pero no tengo nada personal contra ti.

No le dirijo la mirada porque si lo hago puede que sienta la necesidad de sacar la pistola y dispararle allí mismo y no quiero que me salpique la sangre de ese sujeto de mala entraña, no quiero que su sangre abyecta manche mi auto o mi ropa, quiero matarlo como siempre me ha gustado hacer las cosas: delicada y cuidadosamente, y sin pasar por el menor disgusto.

—Claro, entiendo —le digo, con voz serena, casi afectuosa, es decir con voz impostada: quizás debí ser actor y no escritor—. No pasa nada, todo bien, que no te gusten mis libros no significa que seamos enemigos personales.

Hipólito Luna exhala un suspiro, se alisa el pelo rebelde y cree, en efecto, que no somos enemigos y quizás se ilusiona con que soy una buena persona, un mal escritor pero una buena persona, y que en verdad vamos a ir a tomar un cafecito. Tal vez por eso, porque cree que no le guardo rencor, procura mitigar la tensión y dice, solo por cobarde:

—De todos modos, te pido mil disculpas, Javier, si fui demasiado duro en mis críticas. Creo que se me pasó un poco la mano, pero, tú sabes, a la gente del periódico le gusta que mis críticas sean, digamos, un poquito cáusticas.

Cáusticas: qué palabra rebuscada me ha dejado caer Hipólito Luna sin saber que está a punto de morir. Si ha sido capaz de decir esa palabra, de pensar que sus críticas son cáusticas (lo que entraña un elogio encubierto a lo que escribe) es que ha recuperado un mínimo de aplomo y se siente a salvo y respira sin acezar. Porque un hombre que sabe que va a morir no sería capaz de recordar la palabra *cáusticas*. Esa palabra me la enseñó mi abuelo. Una noche en su biblioteca leyó un cuento que yo había escrito y me dijo: *No seas tan cáustico con los militares. Este país lo han salvado los militares. Y el general que nos gobierna es íntimo amigo mío y vamos a misa juntos los domingos.* Ese día aprendí (porque fui al diccionario) qué diablos era ser cáustico o escribir de un modo cáustico como el pelmazo de Hipólito Luna cree que escribe.

—No te preocupes, hombre —le digo, al ver que se siente más seguro—. No he leído ninguna de tus críticas, así que no tienes por qué disculparte.

Ahora Hipólito Luna no es un hombre devorado por el miedo sino por la rabia. Un ramalazo de cólera e indignación sacude su encorvada espinilla. ¿Cómo diablos es posible que yo, Javier Garcés, a quien él ha leído con tanta saña y obsesión, no conozca las críticas flatulentas que expulsó contra mí, procurando sabotear mi carrera como escritor?, ¿cómo diablos puedo haber tenido la insolencia de no leer sus críticas y de decírselo así como tal cosa en su cara? Ahora Hipólito Luna pasa a ser un hombre enrabietado, humillado, incapaz de tolerar esta afrenta.

—¿No has leído ninguna de las tres críticas que publiqué en *La Voz del Pueblo*? —se atreve a preguntar, y detecto en su voz un timbre de suspicacia y otro de vanidad zaherida, de mujer despechada.

Demoro mi respuesta como habré de demorar los tres tiros que dispararé sobre su carne pútrida:

—Ninguna. No leo esa mierda de periódico. Y no leo a críticos de mierda como tú.

Ahora Hipólito Luna recuerda la primera impresión que se llevó al subir al auto en la calle Río de Janeiro y le parece correcta: está en peligro, lo odio, no habrá ca-fecito, algo malo tengo en mente, algo muy malo para él, para su salud, para su cuerpo esmirriado y contrahecho, porque Hipólito Luna es alto, enjuto, con aire famélico, y cuando camina parece jorobado o que fuera a escupir un salivazo de tuberculosis.

—Por favor, para —dice, y le tiembla la voz, está aterrado—. Para, quiero bajarme.

—Tranquilo, Hipólito, no te asustes —le digo, y lo miro a los ojos, y los suyos son los ojos de un pez que ha mordido el anzuelo y se sabe atrapado, son los ojos de un pez pescado—. Ahorita paro, ahorita bajamos y conversamos. No tengas miedo. Así como tú me has dicho con franqueza que no te gustan mis libros, yo te he dicho que no leo tus críticas ni ese periódico simplemente porque no me interesan. No te lo tomes tan a pecho.

Porque lo que vas a tomarte a pecho, literalmente a pecho, son las tres balas calibre nueve milímetros que voy a descargar sobre tu peludo pecho de murciélago.

—Por favor, para. Déjame bajar. Te lo ruego por mi hijo.

Hipólito Luna comprende ahora que está en serio riesgo y no se atreve, desde luego, a enfrentarme, a pegarme, a insultarme como me ha insultado tantas veces en sus libelos: no, ahora es un hombre manso, sumiso, suplicante.

—Cállate la boca, gusano hijo de puta —digo, y saco la pistola y le apunto—. Si dices una palabra, te mato.

Hipólito Luna obedece como era de suponer que obedecería: no habla, tiembla, suda, lloriquea, quizás reza, se empequeñece, da lástima, merece que lo mate, un sujeto tan apocado (y, sin embargo, se da ínfulas de valiente cuando escribe en su madriguera) provoca asco, repugnancia, cierta alergia de pertenecer a la misma condición humana a la que todavía (por unos minutos más) pertenece. Pero ya pronto la especie humana será un ápice menos indigna cuando Hipólito Luna deje de respirar y su cabeza de chorlito deje de tramar operaciones rastreras.

He manejado desde las calles colindantes con la Residencial San Felipe, el edificio-gallinero-ratonera al que se dirigía Luna, hasta las calles serpentinas del malecón Cisneros, sobre los acantilados polvorientos que separan la ciudad del mar. En un tramo de ese malecón conocido como el paraíso de los suicidas, porque desde allí se arrojan muchos lunáticos y desdichados para acabar con sus vidas despeñándose como sacos de papas hacia el abismo, detengo el auto, apago el motor, confirmo que no hay ningún suicida potencial asomándose al precipicio y le ordeno a Luna que baje del carro y camine. Luna no camina: se arrastra, arrastra los pies, zigzaguea estremecido por el pavor. Yo voy detrás. Él sabe que llevo la pistola apuntándole discretamente y tiene que saber que voy a matarlo, porque dice lloriqueando, con la voz trémula de una viuda desconsolada:

—No me mates, por favor. Te lo ruego. Te lo ruego por mi hijito de cinco añitos. Te lo ruego por mi Miguelito.

No tenía duda alguna de que esa noche debía matar a Hipólito Luna en ese paraje oscuro donde un parque de césped descuidado se convierte en pura tierra y luego en el acantilado que define la silueta del mar cuyos ecos se oyen a lo lejos. Pero ahora que lo escucho decir con esa voz de plañidera, de rabona, *mi hijito de cinco añitos, Miguelito*, siento que esa lombriz apestosa (que por desgracia dejará hijo huérfano, aunque a la larga será mejor para el crío) tiene que morir porque no resisto el recuerdo de las emboscadas que me tendió pero sobre todo no resisto más seguir mirándolo y escuchándolo: solo verlo me provoca arcadas, porque todo en él, todo lo que ha hecho (sus libros soporíferos, sus clases babosas, su hijito de cinco añitos, sus críticas malevas, sus talleres inútiles) se me aparece como clara y rotundamente vomitivo.

Cuando llegamos al pie del precipicio, le digo:

—Voltea, gusano de mierda.

Hipólito Luna se da vuelta pero es incapaz de mirarme a los ojos, apenas observa de soslayo la pistola que llevo en la mano.

—Te prometo que voy a escribir una crítica elogiosa de tu obra —alcanza a decir, y pienso que es un mérito que en este momento casi póstumo haya sido capaz de articular esas palabras embusteras.

—Elogiosa los cojones, gusano concha de tu madre —le digo.

Luego le apunto a la entrepierna y disparo. El silenciador actúa con admirable eficacia. Apenas se escucha un silbido pasajero que a nadie perturbará. Hipólito Luna lanza un alarido y cae, llevándose las manos a los genitales, y grita, cursi hasta el final:

—¡Piensa en mi hijito, por favor! ¡No me mates!

Precisamente pensando en su hijito, y en que no tenga más hijitos, es que le he disparado la primera bala en los cojones. Supongo que debe de doler. Como el cretino no para de gritar y sus gritos podrían llamar la atención de algún curioso (al que tendría que matar), me veo en la lamentable urgencia de aliviarle el dolor, disparándole en el pecho, al lado del corazón. La bala perfora una arteria o le revienta el corazón porque Luna calla de inmediato y un chorro de sangre salta a borbotones de su inmundo pecho. Por suerte guardo suficiente distancia para que su sangre no me manche ni siquiera los zapatos. Echo una mirada y confirmo que no hay nadie cerca en esa curva despoblada del malecón: los suicidas curiosamente se arrojan de día, no de noche, al parecer les gusta que otros contemplen su vuelo hacia la muerte o mirar con exactitud las últimas olas o las últimas rocas antes de morir.

Hipólito Luna parece muerto, pero mi padre me enseñó que es bueno ser precavido y no confiarse de las apariencias: quizás esté inconsciente o en coma pero no completamente muerto y este es un trabajo que no puede quedar incompleto, este es el trabajo más gratificante y valioso de mi vida, mucho más estimulante que escribir mi trilogía *Pene Primavera*; esta es la primera de las cinco obras más bellas, redentoras, purificadoras y gloriosas de mi vida, y por eso debo terminarla con delicadeza y precisión.

La tercera bala penetra exactamente en medio de la frente de Hipólito Luna y se aloja entre sus sesos.

Está muerto y yo respiro una bocanada de aire que sube del mar y me siento un hombre feliz y orgulloso, siento que este es sin duda el momento más estupendo de mi vida, o el momento del que más me enorgullezco. He matado al crítico literario que quiso matarme como escritor. He prevalecido. Lo he sobrevivido. No pudo conmigo. No sabías con quién te metías, Hipólito Luna de los cojones sangrantes.

Aunque sé que está muerto, me parece bello y oportuno darle unas patadas hasta verlo caer por el acantilado, su cuerpo rebotando en las aristas rocosas del despeñadero como una pelota desinflada. Cae y rebota y sigue cayendo y vuelve a rebotar y es un espectáculo que me devuelve la fe en la especie humana y en mí mismo.

Esto que acabo de hacer, matar a Hipólito Luna y arrojarlo por el precipicio, es lo mejor que he hecho en mi puta vida, largamente superior a los libros que he escrito o a las mujeres que he querido o a los viajes en los que me he extraviado.

Si muero mañana, moriré en paz. Pero no puedo morir mañana, todavía, porque me falta matar a los otros cuatro hijos de puta: al viejo escritor Aristóbulo Pérez que me robó el Premio Nacional de Novela, al pobre diablo de Profeto Serpa que expulsó mis columnas de *El Faro de Lima* como si fueran una incómoda ventosidad, al editor ladrón y mafioso de Jorge Echeverría y a la puta traidora de Alma Rossi.

Caminando de regreso al auto, acariciando la Beretta, pienso que mi padre estaría orgulloso de mí. Yo, por lo pronto, estoy orgulloso de mí, y esto es insólito, algo que nunca antes había sentido y que le debo al gusano machacado de Hipólito Luna.

CINCO

No pude dormir fácilmente después de matar a Hipólito Luna. Me sentía tan contento y excitado que, echado en mi cama tras darme una ducha, volvía a ver las imágenes de su muerte lenta y su caída aparatosa y no podía dejar de sonreír, de reírme solo, de festejar mi triunfo. Tuve que tomar una manzanilla con diez gotas de valeriana para dormir unas horas. Al día siguiente no salí de casa y me aseguré de limpiar el auto para que no quedasen huellas de Luna por si la policía venía a investigar. No parecía plausible la hipótesis de que sospechasen de mí. Tengo la imagen pública de un hombre de éxito, de un escritor que goza del favor de miles de lectores en distintas lenguas, nadie pensaría que un escritor tan groseramente exitoso se tomaría el trabajo de asesinar a un crítico literario hundido en la chatura de una vida mediocre y condenado a ser pobre y, además, pobre diablo. Al día siguiente de la muerte de Luna ningún periódico informó nada porque lo maté a eso de las once de la noche y ya era tarde para que las redacciones se enterasen. Pero al día subsiguiente compré todos los diarios, los serios y los canallescos (que suelen ser los más divertidos y los que informan más profusamente sobre los hechos sangrientos), incluyendo, por supuesto, *La Voz del Pueblo*, donde el finadito publicaba regularmente sus diatribas contra los enemigos y sus lisonjas para los amigos (siendo mucho más frecuentes las diatribas que las lisonjas, de lo que se deduce que el fenecido Luna tenía más enemigos que amigos, todos ganados con ahínco y tesón), y encontré con sorpresa lo siguiente: los diarios serios no publicaban una sola línea sobre el incidente, ni siquiera una esquela de defunción, aparentemente la viuda no quería participar su dolor porque tal vez no la afligía tal dolor o tal vez se había ahorrado el obituario de rigor porque no le sobraba dinero; y los diarios canallescos, los buitres que hurgan en la carroña, las moscas que sobrevuelan sobre la carne muerta, informaban del crimen en espacios muy reducidos, lo que a todas luces revelaba que Hipólito Luna era un don nadie y que si estando vivo ya era un muerto, estando oficialmente muerto ni siquiera era noticia. Es decir que su muerte no era un escándalo en modo alguno y que de los recuadros mezquinos dedicados a informar sobre ella podía deducirse, siendo optimistas, que ni los periodistas ni los policías tenían demasiado interés por saber quién había matado a Hipólito Luna. Esos periódicos populares, con noticias tremebundas y fotos de mujeres enseñando las nalgas, sátiros que violaban a sus hijas y futbolistas alcoholizados orinando en la vía pública, deslizaban, citando fuentes policiales confiables, que la muerte de Luna se debía a «un lío de faldas», pues, según añadían, el tal Luna tenía por costumbre seducir a sus alumnas en la universidad y a las señoras de sus talleres literarios, y algunas de esas alumnas y la mayor parte de esas señoras, es de suponer, tenían novios o esposos o ambos, y entonces los diarios acanallados (los más leídos y los que más dinero dejan a sus propietarios) virtualmente sentenciaban, sin necesidad de pruebas, que «un esposo cornudo, víctima de un ataque de celos, se hartó de ser venado y se vengó de las infidelidades de su lujuriosa esposa matando al profesor universitario, conocido en el mundo académico como *El Picaflor Literario*». No pude reprimir una carcajada: los plumíferos que escribían esas noticias eran unos genios incomprendidos y con seguridad la policía no se ocuparía de investigar el crimen.

Solo un periódico, como era previsible, publicó una página entera para informar sobre la muerte violenta de Hipólito Luna: *La Voz del Pueblo*, el mugriento pasquín, leído por cuatro gatos y escrito por tres, que había servido como tribuna (o, más exactamente, como cloaca) para que el finadito publicara sus deposiciones escritas, los mojones a los que hacía pasar por críticas literarias pero que no eran más que un amasijo de mierda y bilis. Con solemnidad cómica, los mentecatos que dirigían *La Voz del Pueblo* dedicaban toda la página cultural a rendir loas a la obra literaria de Hipólito Luna: uno de sus amigos, miembro de la cofradía de los escritores frustrados, había escrito que Luna era «el prosista más exuberante de su generación», siendo que lo único exuberante en Luna no era su prosa sino su melena piojosa. Otro de sus amigos, también una rata (no de biblioteca, sino de pasquín, una rata o ratón de la redacción del periódico), decía que al escribir estaba llorando (como si eso mejorase su artículo, cuando, en todo caso, solo lo estaba mojando) y que Hipólito Luna era «una de las voces más ricas de la nueva narrativa latinoamericana» (puede que la voz de Luna fuese rica, a mí no me lo pareció en el auto, más bien me pareció trémula y cobarde, pero sí es seguro que su cuenta bancaria nunca fue rica y que sus libros nunca se publicaron fuera del Perú, de modo que debían de ser muy pocos los latinoamericanos condolidos por su deceso). El director del periódico, un hombre enano, tuerto, cojo y comunista (o sea un hombre malvado e idiota), había escrito una columna deliciosamente cursi que terminaba así: «Te vas, Hipólito, y el Perú pierde una de sus grandes reservas morales, uno de sus pensadores más lúcidos e insobornables, un artista adelantado a su tiempo, y nos dejas el tesoro incalculable de tu obra literaria y una enseñanza que nunca, nunca olvidaremos: que este oficio del periodismo se enaltece cuando lo ejercen gigantes como tú, dispuestos a dar la vida por el bien, la verdad y la justicia social. Perdóname, Hipólito, pero no puedo seguir porque me traicionan las lágrimas».

Es probable aunque no seguro que el director de *La Voz del Pueblo* en efecto llorase escribiendo ese artículo tan hilarante. Es menos probable que la viuda de Luna llorase tanto como él, porque seguí comprando todos los diarios y nunca apareció una mínima esquela de defunción, un diminuto obituario, y según me enteré leyendo *La Voz del Pueblo*, nadie se acercó en una semana para recoger el cadáver de Luna de la morgue. Eso me hizo feliz de un modo indescriptible y también azuzó la teoría del lío de faldas que agitaban los diarios populares, uno los cuales, dando cuenta de que nadie quería llevarse el cadáver de Luna de la morgue, tituló: «Picaflor literario sigue muerto fresco y nadie lo quiere enterrar», y más abajo subtitulaba: «Dicen que venado cachudo celoso que lo mató quiere enterrarlo en su refrigeradora».

Para mi inmenso deleite, pasaron los días y nadie me llamó ni vino a interrogarme y los diarios dejaron de publicar aquellos recuadros menores e insignificantes sobre la muerte de este intelectual (por así decirlo, o que era como ellos lo llamaban), y hasta *La Voz del Pueblo*, que tanta histeria montó los días siguientes a la muerte de Luna, lo olvidó por completo y solo se acordó de él para publicar su foto en el crucigrama de ese domingo.

Tratando de completar los casilleros en blanco, advertí que no era «Hipólito Luna» lo que se esperaba que el lector escribiera, sino (y me costó bastante descubrirlo) «ilustre escritor». Después todo fue silencio y olvido, y la policía, a través de uno de sus voceros (que parecía un criminal peligroso), declaró que la investigación «seguía abierta», puesto que «era conocida la debilidad del occiso por las féminas casadas y hay múltiples sospechosos que están siendo interrogados».

No siendo yo uno de esos sospechosos, consideré que había pasado tiempo suficiente (casi dos semanas) para precipitar la muerte del anciano escritor Aristóbulo Pérez, abandonado en un asilo geriátrico, extrañado por nadie y leído por menos que nadie, viejo borracho y miserable que, estando empatado el jurado por el Premio Nacional de Novela entre una escritora de novelas cursis y yo, y siendo el suyo el voto dirimente, sin haber leído ni a la escritora ni a mí (pero estimulado eróticamente por la señora), decidió votar por ella no tanto para concederle el premio, sino para ver si podía montársela, lo que, desde luego, no ocurrió. Aristóbulo Pérez merece morir por esa razón: porque me negó un premio que yo merecía y me lo negó por razones puramente genitales. Merece morir también por otra razón: porque se siente tan desolado, miserable, fracasado y despreciado, pues hasta los otros viejos del asilo y las enfermeras lo ven con asco, que quisiera morir, pero no tiene el coraje para matarse. Entonces yo le haré el favor de acabar con su vida, una vida que le recuerda a cada instante lo que quisiera olvidar: que hizo todo lo posible por tener éxito como escritor y que los lectores hicieron todo lo posible por impedírselo. Por supuesto, estos últimos prevalecieron y Aristóbulo Pérez se convirtió en un escritor tan fracasado que incluso las editoriales artesanales o universitarias, que publicaban a escritores fracasados, se negaron a seguir publicando sus novelas, quiero decir, sus excrecencias. Lo peor es que todo esto le pasó antes de cumplir cincuenta años. Ahora debe de tener setenta y dos o setenta y tres, es decir que ha vivido más de dos décadas sabiéndose un escritor cagón y cagado, tan cagón y tan cagado que hasta las editoriales más cagonas se rehusaron a publicar sus cagadas y lo condenaron a ser un ex escritor, y casi un ex hombre, antes de cumplir cincuenta años. Todo lo que vivió después (las tragedias familiares, el abandono del que fue víctima por parte de las pocas personas que tuvieron el dudoso gusto de quererlo o de compadecerse de él) fue como estar enterrado vivo, arañando la tierra para sacar la cabeza a respirar. Y cuando por fin respiraba, alguien le echaba más tierra encima y seguía enterrado vivo. Como sigue enterrado vivo en un asilo de ancianos en las afueras de Lima, en Chosica, a una hora en auto por una carretera ahuecada, la avenida Nicolás Ayllón, llena de camiones cochambrosos que van echando una estela de humo negruzco que se confunde con la niebla que envuelve a la ciudad, y dejan sobre mis manos y mis mejillas una pátina gris, una delgada capa cenicienta que me recuerda la cruz que me dibujaba en el rostro algún cura afeminado en los miércoles de ceniza a los que me llevaba mi madre. No debería ser arduo matar a un hombre que quiere morir, como es el caso de Aristóbulo Pérez. Sin embargo, tampoco será fácil, dado que vive en un asilo de ancianos en la calle Cusco de Chosica y, según he podido investigar llamando por teléfono y haciéndome pasar por un periodista que quiere entrevistarlo para un reportaje sobre «grandes escritores olvidados» (que en realidad debería titularse «Escritores grandemente olvidados»), nadie va nunca a visitarlo. Por lo tanto, debo ser capaz de urdir un plan lo bastante astuto como para que, muerto el que quiere morir, muerto el que merece morir desde que me robó el Premio Nacional de Novela, nadie sospeche de mí. El asilo plantea, entonces, una seria dificultad: no puedo visitarlo y dispararle tres balazos, habría testigos, estaría mi nombre en el libro de visitas o en la memoria de alguna enfermera o en la de algún viejo que odia a Aristóbulo porque apesta a orín y a caca (como sus libros). Tengo que encontrar la manera de que Aristóbulo abandone el asilo por sus propios medios y venga a encontrarse conmigo sin saber que soy yo quien estará esperándolo para matarlo. Pero no sé si Aristóbulo es capaz de movilizarse por sus propios medios, tampoco si le darán permiso para salir. No sé qué señuelo debo agitar para que el viejo se sienta halagado y encuentre fuerzas para salir del encierro en el que se halla y venga caminando hacia mí. Haré lo que siempre hice con los escritores fracasados: le daré un buen masaje a su ego, es una técnica que no suele fallar. Lo que está claro es que no debo matarlo en el asilo, debo encontrar la manera de que él salga de allí. Y para eso tengo que llamarlo por teléfono y mentirle y tenderle una emboscada y acribillarlo donde no haya testigos. Mentir es mi oficio, mentir me ha hecho rico y famoso, tendría que ser capaz de inventar una mentira lo bastante persuasiva como para que el viejo de mierda pida permiso para salir del asilo o se escape o salga reptando como el lagarto decrépito que es. Pensándolo bien, si solo le dijera la verdad, que quiero matarlo, tal vez Aristóbulo Pérez viniera desesperadamente a encontrarme, a encontrar la muerte que tanto ha deseado y que no ha tenido la hombría de ejecutar. Pero no: será más prudente llamarlo por teléfono y deslizarle un embuste que halague su vanidad o la resucite, y consiga que esta calavera aún parlante salga de debajo de la tierra en la que ha sido sepultada y venga al encuentro con el final que merece su vida desgraciada. No gané el Premio Nacional de Novela, pero matar a quien me lo robó me concederá una alegría aun mayor: yo mismo me otorgaré el Premio Nacional del Rencor y la Venganza como Bellas Artes. No lleva dotación económica ni entraña ruido mediático ni nadie nunca se enterará de que lo he ganado; es un galardón secreto, reservado para los pocos artistas que han hecho de la maldad un arte: espero merecerlo, espero ganarlo esta vez. Aristóbulo Pérez será quien me imponga la medalla, muriendo ante mis ojos cuando yo lo decida.

SEIS

Extrañamente, no me siento mal, no me siento enfermo. No siento que me queden pocos días, no me duele la cabeza, donde ha crecido tanto el tumor que ya no es posible extirparlo. Me siento bien, mejor que antes de saber que moriré en seis meses cuando mucho. Tal vez me siento bien porque he matado a Hipólito Luna y ahora me dispongo a matar a Aristóbulo Pérez y luego mataré a los otros tres hijos de puta, y eso le da un sentido a los últimos días de mi vida, me convierte en un hombre con una misión, me llena de energía y vitalidad, y neutraliza por completo los estragos de la enfermedad.

Se supone que moriré en unas semanas y nunca me había sentido más saludable que ahora, nunca me había levantado con tanto optimismo como ahora. La idea de vengar las perfidias y bajezas de las que fui víctima, el instinto homicida que se ha apoderado de mí, me convierten, es raro, en un hombre que sabe que va a morir pronto, pero que se siente más sano y saludable que nunca.

Llamo desde un teléfono público de un barrio popular y populoso alejado de mi casa, el barrio de San Miguel (no debo dejar rastro alguno de mi llamada), al hospicio geriátrico donde se supone que debería vivir aún (aunque esto nadie lo tiene muy claro porque a nadie le importa) el vejete de Aristóbulo Pérez, que eligió ser mi enemigo solo por una calentura, por una fiebre libidinosa, y que nunca calculó que uno de los miembros del jurado me contaría que fue él quien, con su voto testicular, le dio el Premio Nacional de Novela a la escritora de novelas cursis muy maquillada cuyo nombre prefiero omitir. Es decir que Aristóbulo no sabe, no tiene cómo saber, que yo sé que él votó aquella noche, hace ya varios años, contra mí. Podría saberlo si el jurado infidente se lo hubiera contado, pero esta hipótesis es altamente improbable. Siendo el viejo ególatra, bruto como acémila y ensimismado que es, debe de pensar (si todavía piensa) que yo nunca supe que fue él quien me negó el Premio Nacional de Novela. Esto juega a mi favor, claro está. Podría llamar al asilo y dar mi nombre, y tal vez Aristóbulo se pondría al teléfono porque es casi seguro que no sabe que yo sé lo que sé y también es casi seguro que ya no sabe bien quién soy yo ni quién es él ni por quién votó cuando se arrechó por la escritora cursi. Sin embargo, debo ser en extremo prudente. No conviene dejar dicho mi nombre sabiendo que al día siguiente o subsiguiente alguien encontrará el cadáver del viejo.

Llamo al hospicio geriátrico de la calle Cusco esquina con calle Las Piroxenitas, en Chosica, a dos cuadras del Parque Central, y pido hablar con don Aristóbulo Pérez.

—¿De parte de quién? —me pregunta una voz femenina lastrada por el tedio y la fatiga, como si quisiera que todos los viejos a los que cuida se terminen de morir.

—De Jorge Echeverría —digo.

La mujer aburrida hace una pausa y pregunta:

—¿El señor Aristóbulo lo conoce?

—Por supuesto —respondo, como si la pregunta fuese una insolencia—. Soy su editor, el dueño de la editorial Perfil Bajo. El señor Pérez me conoce perfectamente.

—Un momentito, por favor —dice la mujer—. ¿Cómo me dijo que se llama?

—Echeverría. Jorge Echeverría.

—Tenga la bondad de esperar. Voy a buscar al señor Aristóbulo.

—Dígale que es urgente, que es muy importante, por favor.

Luego la mujer deja el teléfono y se escuchan voces, murmullos, pasos, otros teléfonos que timbran, alguien que grita una misma palabra repetida (*¡mamona, mamona, mamona, mamona!*), alguien que golpea una mesa o una pared o el suelo: todos son ruidos cargados de desasosiego, ruidos que anuncian la desdicha, la infelicidad.

—¿Aló?

Debe de ser la voz de Aristóbulo Pérez. Nunca he hablado con él, pero me suena vagamente similar a la voz que escuché aquella noche en la televisión cuando el miserable de Pérez, presidente del jurado, anunció que la escritora de novelas cursis había ganado por un voto el Premio Nacional de Novela al que nunca más me postulé ni permití que me postulasen, pues comprendí que lo peor que puede pasarle a un escritor (peor incluso que escribir una mala novela) es ganar un premio: en el instante en que los lectores se enteran de que ha ganado un premio, pasan a desconfiar de la novela galardonada o de toda la obra de ese escritor, y los demás escritores, si no lo odiaban ya, pasan a odiarlo, porque sienten que ese premio les correspondía a ellos, no a él.

—Aristóbulo, querido —dije, como si fuéramos viejos amigos, impostando la voz, endulzándola.

—¿Con quién hablo? —preguntó él, desconfiado, con tono de viejo cascarrabias que no quiere que nadie lo quiera.

—Con Jorge Echeverría —le dije—. Soy el dueño de la editorial Perfil Bajo, ¿me recuerdas?

Sorprendentemente, Pérez reaccionó con lucidez y habló con menos crispación:

—Echeverría, claro, sé muy bien quién es usted —dijo.

—¿No recuerdas cuando nos conocimos? —pregunté.

Aristóbulo Pérez carraspeó, tosió, tardó en responder:

—No, la verdad que no recuerdo —dijo.

Yo no podía estar seguro de que Echeverría y Pérez se hubieran conocido, como tampoco podía estar seguro de lo contrario; solo podía estar seguro de que Aristóbulo confiaría menos en su memoria que en la mía, y por eso le dije:

—Nos conocimos hace muchos años, en un cóctel literario cuando fuiste presidente del Premio Nacional de Novela.

—¿Y a qué debo el honor de su llamada? —casi me interrumpió el anciano escritor enterrado vivo, como si tuviera apuro por ir a hacer algo, cuando ya nada tenía por hacer, salvo morirse, y ni eso sabía hacerlo bien.

—Mira, querido Aristóbulo, te llamo porque quiero comprar los derechos de todos tus libros y publicarlos en ediciones lujosas como parte de la «Biblioteca Aristóbulo Pérez» —dije.

—¡Ah, caramba! —dijo él.

Era claro que lo había sorprendido y que la sorpresa no podía disgustarle.

—Eres un escritor injustamente olvidado, Aristóbulo —proseguí—. He leído todos tus libros y he quedado maravillado. Eres el mejor escritor vivo de este país, tienes un talento incalculable, y me rompe los cojones, perdóname la expresión, que no se reconozca tu genio y tu arte cuando aún estás vivo.

—Bueno, muchas gracias. Es usted muy amable, señor Echeverría —dijo él—. He escuchado muchas cosas buenas de usted, sé que es un editor muy respetado y para mí sería un honor...

—Estoy dispuesto a pagarte un millón de soles como anticipo por los derechos de toda tu obra, con el compromiso de publicar la «Biblioteca Aristóbulo Pérez» en menos de tres meses —lo interrumpí.

—¿Cuánto dijo? —preguntó, y temí que le diera un infarto; no era así como quería matarlo.

—Un millón de soles a la firma del contrato, y estoy dispuesto a firmarlo y darte el dinero en efectivo cuando lo dispongas —afirmé—. Por mi parte, cuanto antes, mejor. Si fuera posible mañana, sería ideal. No debemos perder tiempo.

—No, no, de ninguna manera —se apresuró el pobre hombre, que seguramente nunca en su vida había visto todo ese dinero en efectivo, a menos que trabajase como cajero de una agencia bancaria en su juventud.

—Un genio de las letras como tú, querido Aristóbulo, merece un reconocimiento, un homenaje en vida, y es lo que yo pretendo hacer con la reedición de todos tus libros —dije.

—No se imagina usted la alegría tan grande que me embarga —dijo él.

A estas alturas es lo único que podrían embargarle a este anciano misérrimo, pensé.

—Mira, Aristóbulo, yo quiero ser tu editor y, si me lo permites, también tu protector —seguí—. No es justo que tú, el mejor escritor peruano de todos los tiempos, un genio incomprendido, viva en ese asilo de ancianos, en condiciones que, me imagino, no son las mejores.

—Bueno, a todo se acostumbra uno, amigo Echeverría —dijo él.

—Mi intención es firmar el contrato contigo, darte el dinero y alojarte en el Country para que puedas vivir allí con la comodidad y la privacidad que te mereces —dije.

—Pero ese hotel es muy caro, es prohibitivo para mí —interpuso él.

—Yo pagaré todos sus gastos, y eso constará en el contrato —dije—. Te daré un millón de soles, publicaré la «Biblioteca Aristóbulo Pérez» y te mudaré al Country, con todos los gastos a cuenta de mi editorial. ¿Qué te parece?

—Bueno, me parece... ¿qué quiere que le diga?... me parece sumamente generoso de su parte, amigo Echeverría.

—Dime Jorge, por favor, Aristóbulo querido. Considérame a partir de hoy tu lector más leal y tu amigo incondicional.

—Gracias, gracias.

—Muy bien, entonces, ¿paso mañana a buscarte para firmar el contrato y mudarte al Country?

Hubo un silencio que había presagiado: las cosas no podían ser tan fáciles, algún escollo tenía que surgir.

—Tenemos un pequeño problemita —dijo él, bajando la voz.

—Dime.

—No me dejan salir de aquí sin permiso —susurró, como si le diera vergüenza—. Estas enfermeras de mierda son unas nazis, esto es un campo de concentración, oiga.

—Comprendo —dije—. ¿Y quién tiene que darte el permiso?

—El médico del asilo. El mismo que firmó la orden de que me encerrasen acá. Dijo que estoy loco, que estoy mentalmente insano.

Sin duda un médico confiable, pensé.

—¿Y el médico no te dará el permiso, verdad? —pregunté, sabiendo bien la respuesta.

—Ni cagando, amigo. Ni cagando. Ese matasanos es un concha de su madre. Es nazi. Nos quiere matar.

—Comprendo —dije—. Entonces solo nos queda una opción si tú quieres escapar de ese infierno y si quieres ver tus libros editados en una colección de lujo por Perfil Bajo.

Aristóbulo Pérez permaneció mudo, a la espera.

—Debes encontrar la manera de escaparte. Yo te esperaré en la puerta del asilo. ¿La vigilancia es muy estricta?

—No tanto —dijo él—. Los domingos por la noche solo hay una enfermera y nadie cuida la puerta de la calle Cusco.

—Genial —le dije—. Iré el domingo y te esperaré en esa. Mi auto es azul oscuro y tiene los vidrios polarizados. Cuando salgas, haré un juego de luces y me acercaré. ¿A qué hora quieres que vaya?

Aristóbulo demoró la respuesta:

—Véngase entre las ocho y las ocho y media de la noche. Pediré permiso para dar un paseo por el jardín y estaré atento a que me haga la seña con las luces.

—Allí estaré a las ocho en punto este domingo —dije—. No me falles, por favor, Aristóbulo. Llevaré el contrato y el millón de soles, y te instalaré en una *suite* del Country. No sabes cómo me hierve la sangre cuando pienso que una gloria literaria como tú está abandonada a su suerte en un asilo sin que nadie la cuide ni la proteja como se merece. Tú eres un titán de la cultura, un genio con mayúsculas, y yo no voy a permitir que esta vergüenza de ignorar tu obra continúe. Te ruego que no me falles. Te espero el domingo a las ocho en la puerta de la calle Cusco.

—¿No importa si salgo en piyama y pantuflas, amigo? —preguntó el viejo Pérez.

—Claro que no —me apresuré a responder—. Lo único que importa es que no me falles, que encuentres la manera de escaparte este domingo a las ocho. Te prometo que cuando subas a mi auto, tu vida cambiará y yo me ocuparé de que los críticos y los lectores se den cuenta de la espantosa ingratitud que han cometido contigo.

—Es usted muy amable, caramba.

—No soy amable, Aristóbulo. Soy un buen lector y un buen editor. Y sé distinguir la paja del trigo. Tú eres un genio de la narrativa contemporánea y ya va siendo hora de que el mundo entero lo sepa. Aristóbulo, una cosita más.

—Dígame, dígame.

—Una vez que publiquemos la biblioteca con tu nombre, yo mismo haré las gestiones con las principales editoriales europeas en la Feria de Frankfurt para que tu obra sea traducida a muchas lenguas. Y una vez que tus libros se lean en inglés, en alemán, en francés, en italiano, en sueco (sobre todo en sueco), yo mismo me encargaré de postularte al Nobel de Literatura.

—¡La concha de la lora! —exclamó él, abrumado por tantos honores juntos, tardíos, inmerecidos, claramente inmerecidos.

—Te espero el domingo a las ocho. No me falles.

—Allí estaré, amigo.

—Estupendo.

—Oiga, una cosita.

—Dime.

—No se olvide de traerme el efectivo.

—No, no, qué ocurrencia. Llevaré el millón de soles en un maletín y, firmado el contrato en el mismo auto, será tuyo.

—Porque el Nobel, la verdad, no me lo van a dar ni cagando, pero un millón de soles, la concha de su hermana, me cambiaría la vida, amigo.

—Yo te cambiaré la vida, Aristóbulo. Yo te la cambiaré, créeme.

No mentía: en efecto, me proponía cambiarle la vida, quitándosela, dándole un empujoncito hacia la otra, si la hay y no creo que la haya. Pero haya o no haya otra vida, matarlo será ya una manera de cambiarle esta vida, así que al menos en eso no he mentido; el domingo le cambiaré la vida, aunque, desgraciadamente, no como él quisiera, sino como él merece que se la cambie: haciendo que su muerte sea oficial y definitiva, convirtiendo a un muerto en vida en un muerto del todo.

SIETE

A las ocho y veinte minutos de la noche del domingo, un anciano encorvado que arrastra los pies y procura caminar aprisa pero no lo consigue se dirige lentamente, la cabeza mirando hacia abajo como si le pesara, como si se le fuera a caer, hacia la puerta de la calle Cusco del asilo de ancianos de Chosica. Es él, tiene que ser él, pero no lo reconozco, han pasado muchos años desde que lo vi en la televisión y ahora es un viejo jorobado, con aire enfermo, tembloroso, un viejo al que no podría quedarle más vida que a mí, pero que, si no hago bien mis deberes esta noche, probablemente, achacoso y enclenque como está, me sobreviviría y sonreiría, taimado, pérfido, al leer en algún periódico la noticia de mi muerte, sin reparar en que al menos mi muerte será noticia y quizás de primera plana, y la suya no será noticia ni obituario ni esquela de defunción porque lo más probable es que nadie quiera gastar dinero lamentando su deceso y repitiendo las cursilerías absurdas que se escriben en las defunciones peruanas: «Cumplen con el penoso deber de participar el sensible fallecimiento de quien en vida fuera..., confortado por los auxilios de nuestra santa religión». Pamplinas, ningún fallecimiento es sensible o insensible, y quienes suelen pagar esos partes fúnebres no están apenados ni el finado murió confortado por nadie, y menos por la religión, que nunca es santa sea la religión que sea, siempre será el credo de una cofradía de predicadores mesiánicos intolerantes hecho para una feligresía sumisa y asustadiza: cuando yo muera me gustaría que alguien publique mi obituario participando mi «insensible fallecimiento».

Como acordamos, tan pronto como Aristóbulo Pérez, escritor de talento misérrimo y de ventas paupérrimas, escritor frustrado y fracasado y avinagrado y de mala entraña si los hay, escritor al que no ha querido leer ni su familia, escritor al que no quiere ver ni su familia (y por eso se pudre en este asilo hediondo), le hago un juego de luces desde el auto, estacionado en la calle Las Piroxenitas. Advierto que ha notado mi presencia y entonces enciendo el motor, acerco el auto y le abro la puerta del copiloto desde adentro, y, confiando en que no me reconozca, le digo:

—Aristóbulo querido, sube, por favor, soy Echeverría.

Es un momento crucial. Aristóbulo me escudriña con cierta desconfianza. Si ha conocido a Echeverría en persona y lo recuerda, sabrá que estoy mintiendo. Aun si no lo ha conocido, pero si ha visto su fotografía o si recuerda mi rostro por las entrevistas que he dado a los periódicos o a la televisión, sabrá que estoy mintiendo y no subirá. Como percibo que el viejo crápula duda, le lanzo el caramelo:

—Aquí traigo tu millón de soles y de aquí mismo nos vamos al Country —digo, levantando un pequeño maletín negro en el que el anciano supone que está el dinero que le pagaré por publicar sus libros solo devorados por las polillas—. Sube, por favor, no perdamos tiempo, que te pueden ver.

—¿Es usted Echeverría? ¿Jorge Echeverría? —pregunta el anciano, agachado, metiendo la cabeza en el auto como un reptil, exhalando el vaho pútrido de su aliento.

Luego me mira como si fuera un escritor de éxito, como si pudiera darse el lujo de sospechar que no soy Echeverría: *viejo cacaseno, claro que no soy Echeverría, pero qué te importa, si subir a mi auto y escapar de este asilo en el que te han enterrado vivo tiene que ser, en cualquier caso, una opción más divertida y prometedora que desandar tus pasos y volver al cautiverio humillante de las enfermeras que te bañan y se ríen de tus carnes ajadas y de tu colgajo empequeñecido y de tus testículos colosales que cuelgan como dos monederos.*

—En efecto, Aristóbulo, soy Jorge Echeverría, hablé contigo por teléfono. Traigo el contrato y el dinero, como acordamos —le digo, mirándolo fijamente.

—Tenía otra idea de su cara —dice él.

—Yo también tenía otra idea de la tuya —le comento—. Pero ya sabes, el tiempo deja huella y mi cara no es la de hace veinte años.

Y me contengo de decir *y la tuya tampoco, anfibio decrépito.*

Como veo que Aristóbulo no es tan candoroso como suponía y desconfía de mí y sospecha que no soy quien le digo ser, recurro a tirarle el anzuelo más seguro, a hacerlo oler el dinero, los fajos de billetes nuevos que he sacado del banco el viernes y he acomodado con prolijidad en el maletín.

—Aquí está tu dinero —le digo—. Si prefieres, bajo, firmamos el contrato, te dejo el maletín y te quedas viviendo en el asilo.

Aristóbulo ve el millón de soles, más dinero del que nunca han visto sus ojos acuosos y miopes, percibe el olor inquietante de los billetes recién impresos, y decide que no puede perderse ese maletín, nunca nadie le ofreció tanto dinero junto, y tal vez por cortesía o porque la visión del dinero lo obnubila o porque al ver el dinero me ha creído del todo o a medias, hace crujir sus huesos y sube al auto, no sin golpearse la cabeza y decir para sí mismo:

—¡Me cachen! ¡La concha de su hermana!

Luego se lleva la mano a la cabeza y se soba allí donde se ha dado un raspón y por fin cierra la puerta (yo no encendido las luces interiores por obvias razones y no he apagado el motor), y entonces, antes de darle tiempo de mirarme de nuevo y más de cerca para que tal vez se arrepienta de haber subido, acelero y le digo:

—Bienvenido a Perfil Bajo, queridísimo Aristóbulo. Es un honor para mí estar a tu lado. No imaginas cuánto te admiro. No sabes con qué cariño y dedicación estamos preparando la «Biblioteca Aristóbulo Pérez».

Me mira. No lo miro cuando me mira.

—Gracias —dice secamente, como si olfateara que tanta belleza no puede ser verdad.

—¿Quieres contar el dinero? —le pregunto, y le alcanzo el maletín.

—No hace falta —dice él—. Confío en su palabra.

Pero no duda en hacerse del maletín y colocarlo entre sus piernas, y sujetarlo como si fuera un bebé: delicadamente pero con firmeza, que eso no se lo quita ya nadie, es suyo y lo merece por todas las privaciones y humillaciones que ha tenido que sufrir *hasta que un editor con cara de imbécil venga a reconocer por fin que soy el mejor escritor de mi generación, la concha de su hermana*.

—¿Quieres que paremos a tomar algo? —le pregunto.

—Bueno, sí, no es mala idea —responde, seguro que muerto de hambre el pobre viejo con su maletín en el regazo: seguro que está pensando que comerá como un cosaco y yo pagaré la cuenta porque él no sacará uno solo de esos billetes nuevos que ya cree suyos—. Podemos ir a una pizzería muy buena en el Parque Central.

—Estupendo. ¿Cómo se llama la pizzería?

El aliento putrefacto de Aristóbulo Pérez me llega como si me hubieran arrojado en la cara un pescado muerto:

—No me acuerdo —dice el viejo—. Pero está frente al parque. Siempre nos llevan pizza al asilo. Es muy sabrosa, oiga. De chuparse los dedos.

—Magnífico. Me encanta la pizza.

Manejo a velocidad moderada, como si en efecto fuéramos al Parque Central de Chosica. Decido no hablarle más para que no me castigue con su aliento emponzoñado. Prendo la luz de su lado y le digo que vaya contando el dinero. El anciano, cegado por la codicia, abre el maletín y cuenta los fajos. Aprovecho para girar en la calle Tacna y bordear el Parque Central para luego tomar la avenida Nicolás Ayllón y dejar atrás la pizzería cuyo letrero alcanzo a leer: «Pizzería Tano's».

Cuando Aristóbulo Pérez termina de contar los fajos, apago la luz de su lado. Él mira el paisaje oscuro y polvoriento que se recorta en su ventana y vuelve a mirar como si estuviera perdido y dice:

—¿No nos hemos pasado el parque, oiga?

—Creo que sí —comento, con voz pesarosa—. Mil disculpas. Eso me pasa por ir tan rápido.

—Bueno, demos la vuelta entonces —dice con voz autoritaria, como si pudiera darme órdenes.

—No, no, tengo una idea mejor —le digo, y él frunce el ceño y yo bajo mi ventana para espantar el olor vicioso que despide su boca—. Vamos a mi casa de Los Cóndores, nos tomamos un buen vino y luego lo invito a comer al club. Después seguimos viaje a Lima.

—¿A comer en qué club? —pregunta Aristóbulo, desconfiado.

—En el club Los Cóndores. ¿No lo conoce?

—No, yo hace más de diez años que no salgo del asilo, y la pizzería esa la conozco porque llamamos por teléfono y nos traen pizza.

—Ya verá que le gustará la comida del club —digo.

El viejo se calla y murmura quejumbroso algo que no alcanzo a comprender. *Hoy no vas a comer pizza,* pienso. *Hoy voy a hacer queso mozzarella con tus intestinos, viejo malvado, hijo de puta. Hoy te voy a matar y hasta el Tano de la pizzería del parque se va a alegrar. Nadie te llorará, viejo malparido que me robaste el Premio Nacional de Novela.*

Acelero y giro en la curva de la calle La Florida, que asciende hacia Los Cóndores, donde mis padres tenían una casa muy grande que me dejaron en herencia y a la que voy algunos fines de semana del invierno, buscando el sol, huyendo del cielo encapotado de Lima que parece una alfombra vieja y polvorienta o la pelambre de una rata sin fin.

—¿Puedo ver el contrato, amigo Echeverría?

—Claro, con mucho gusto.

Abro la guantera y saco unos papeles que me he dado el trabajo de escribir. Es un contrato entre la editorial Perfil Bajo y el escritor Aristóbulo Pérez, en virtud del cual la editorial compra a perpetuidad los derechos de toda la obra literaria de Pérez, en lengua castellana y todas las lenguas del mundo, a cambio de un millón de soles. Está firmado por Jorge Echeverría, es decir está firmado por mí tratando de imitar el garabato que es la firma de Echeverría, firma que conozco bien porque la he mirado no pocas veces en los contratos que imprudentemente firmé con él.

Mientras Aristóbulo se entretiene leyendo esos papeles fraudulentos que me he tomado el trabajo de escribir e imprimir solo para ganar tiempo en el preciso momento en que el viejo de mierda me pidiera el contrato como supuse que me lo pediría, yo acelero aun más y paso mi casa en la calle Los Laureles y luego el club (pero el viejo no se da cuenta porque está fascinado leyendo ese contrato que lo halaga en grado sumo, que anuncia una biblioteca con su nombre y sugiere traducciones a varios idiomas) y me dirijo al final de la pista de asfalto, más allá de las calles Los Tucanes y Los Incas, y sigo por un camino de tierra y ya no hay casas a la vista y continuamos trepando hacia la quebrada oscura, desierta, despoblada, y solo entonces, cuando termina de leer el contrato o se aburre de leerlo o ve que está firmado por Echeverría o se asegura de que se le otorga un millón de soles, Aristóbulo Pérez nota, a pesar de su miopía, que estamos subiendo por un camino angosto de tierra, en medio de los cerros de Los Cóndores, y que ese no podría ser el camino hacia mi casa, hacia ninguna casa, ni hacia el club, hacia ningún club.

—¿Dónde carajo estamos, oiga? —pregunta, menos asustado que valeroso: tal vez el valor le viene del millón de soles que abraza con determinación, o tal vez del hecho de saber que es un anciano sin nada que perder y del de suponer que por ser un anciano se merece el respeto de sus menores, que son casi todos, que con seguridad soy yo.

—Estamos en la quebrada de Los Cóndores— respondo.

Luego detengo el auto, apago el motor, dejo las luces de afuera encendidas y añado:

—Acá son las oficinas de mi editorial.

Aristóbulo mira a ambos lados y confirma que estamos en medio de unos cerros, en medio de la nada.

—¿Acá es su oficina? —indaga perplejo—. Pero acá no hay un carajo, oiga. ¿Cómo mierda puede estar acá su editorial?

—Por eso se llama Perfil Bajo —digo, y me río de mi propia ocurrencia. Y en esa risa tal vez Aristóbulo percibe la maldad o el rencor o el deseo de venganza que anima la emboscada que le he tendido, y dice:

—Lléveme inmediatamente al asilo y déjese de joder, que ya estoy viejo para que me hagan bromas. Me quedaré en el asilo con mi dinero y ya verá usted qué mierda hace con mis libros, a mí, la verdad, me da igual que publique la biblioteca o se la meta por el culo.

Me quedo callado, sorprendido por el coraje procaz de Aristóbulo Pérez.

—Bajemos, por favor —le digo.

Abro la puerta y bajo, pero él se queda sentado aferrándose a su maletín con el millón de soles que ahora seguramente presiente que no tendrá tiempo de gastar.

—Yo no me bajo ni cagando —dice Aristóbulo—. Esto es un terral, por acá hay pumas. Suba y déjese de joder y lléveme al asilo, carajo.

Saco entonces la pistola Beretta calibre nueve milímetros que mi padre me dejó en herencia, apunto a Aristóbulo Pérez y le digo:

—Baja, viejo apestoso.

Aristóbulo Pérez mira la pistola, me mira, mira el contrato, mira el maletín y no puede entender lo que está pasando: ¿quién podría querer matar a un anciano desvalido, indefenso, olvidado por el mundo como él?, ¿quién se tomaría el trabajo de urdir esa trampa para matar a un pobre viejo como él? *¿Quién es ese sujeto que me apunta con una pistola y hace un momento me dio un millón de soles?*

—Si no bajas, voy a dispararte tres tiros en la cabeza, viejo de mierda —le digo, y siento un escalofrío de

placer cuando pronuncio esas palabras vulgares, intoxi-
cadas por el odio—. ¡Baja, carajo, que acá el que manda
soy yo!

Aristóbulo Pérez abre la puerta, se mueve con dificultad, baja del auto y camina unos pasos hacia la franja
iluminada por los reflectores. Increíblemente, lleva consigo el maletín, lo aprieta contra su pecho como si fuera lo
más valioso que ha tenido nunca entre sus manos.

—Usted no es Echeverría —me dice, y no advierto miedo en sus palabras—. ¿Quién mierda es usted?
¿Quién carajo se cree para apuntarme con esa arma? ¡Baje
el arma, carajo! —grita, sorprendiéndome.

No bajo el arma: apunto exactamente a su pecho,
es decir al maletín.

—¿Te acuerdas del Premio Nacional de Novela?
—le pregunto.

Aristóbulo Pérez queda pasmado como un venado
pillado por el haz de luz de un auto en plena autopista.

—¿Del premio de qué? —pregunta, confundido.

Quizás no recuerda nada. Quizás recuerda todo y
ahora sabe quién soy y simula que no recuerda nada.

—Tú fuiste el presidente del jurado del Premio
Nacional de Novela hace años. ¿No te acuerdas que vo-
taste a favor de una escritora tetona y culona a la que te
querías culear?

Ahora Aristóbulo Pérez lo recuerda todo y su insólito valor cede, se difumina y se apodera de él la certeza
de que nada de esto es una broma o un malentendido
sino una venganza fríamente planeada, una venganza
que, ahora sabe, sin duda merece.

—Yo soy Javier Garcés —le digo.

El maletín tiembla, sus piernas tiemblan, sus ojos
han sido invadidos por el pánico. Sin embargo, me vuelve a sorprender:

—¿Y a mí qué carajo me importa quién chucha es usted? Yo no sé quién es usted y por qué mierda me ha traído a este descampado, pero si me va a matar, máteme de una vez, carajo, y no la haga larga.

Doy dos pasos acercándome a él. Ahora estamos él y yo frente al auto, iluminados por la luz blanquecina que arrojan los faros sobre nosotros, y nuestras sombras se dibujan sobre la arena, y la suya es curiosamente más larga que la mía, sin ser él más alto que yo.

—Yo soy el escritor que debió ganar ese Premio Nacional de Novela. Yo soy el escritor al que tú le negaste ese premio por arrecho, por querer culearte a la ganadora.

—¡Yo no quería culeármela! —grita Aristóbulo Pérez—. Yo solo le pedí una mamada a cambio de mi voto, pero la muy perra se negó; la muy perra malagradecida ni siquiera me la mamó por el premio que le di, carajo.

—Lo siento, una pena —digo.

—Bueno, vamos regresando al asilo, amigo Garcés —dice Aristóbulo y camina hacia el auto.

—¡Arrodíllate, Pérez! —le grito.

Aristóbulo se detiene porque no es tonto y sabe que estoy a punto de disparar si da un paso más. Da vuelta, me enfrenta, me mira sin temor, con desprecio, como si fuera superior a mí, y me dice:

—Que se arrodille la concha de su madre.

Luego añade:

—Yo voté por esa vieja porque quería una mamada, pero usted es un escritor de mierda que no merecía ganar. No me arrepiento de mi voto, Garcés. Sus libros son mierda, mierda pura.

—Como los tuyos —digo—. La diferencia es que los míos se venden y los tuyos no los compran ni tus hijos.

—No tengo hijos —contesta, secamente.

—Se habrán suicidado —digo—. Debe de ser insoportable ser hijo tuyo.

Aristóbulo Pérez recuerda que una de sus esposas se mató tomando veneno para ratas y que su único hijo se suicidó arrojándose a las vías del tren, y entonces una llamarada de rabia enciende sus entrañas y me arroja el maletín y viene a golpearme, pero es un hombre viejo y el maletín se queda a mitad de camino, pero él sigue arrastrándose con las pocas fuerzas que le quedan y, cuando lo tengo a solo dos metros y sé que me va a pegar y que vamos a caer los dos, le ahorro el puñetazo y me ahorro la caída y aprieto el gatillo. El sonido es amortiguado por el silenciador y la bala perfora su pecho. Antes de caer, Aristóbulo Pérez alcanza a decir:

—¡Me cachen!

Luego cae como un saco de papas, y como lo veo agonizando, me apiado de él y le digo:

—Este es mi voto dirimente.

Y le disparo dos veces en la cabeza mientras doy un salto hacia atrás para que sus sesos no terminen sobre mis zapatos.

Luego recojo el maletín, doy una última mirada al cuerpo sangrante y despanzurrado de mi enemigo, y respiro hondo el aire seco y limpio de la quebrada y me siento más fuerte y saludable que nunca, como si me hubiesen dado no el Premio Nacional de Novela, sino el Nobel de Literatura: tal es el éxtasis, el júbilo pueril que me invade y me hace reír a carcajadas mientras subo al auto, enciendo el motor y me alejo.

OCHO

Como era previsible, los periódicos serios y los canallescos ignoraron casi por completo la muerte de Aristóbulo Pérez y nadie tuvo la cortesía o la compasión de pagarle una esquela de defunción (pensé hacerlo yo mismo, pero el riesgo era excesivo), ni siquiera los dueños del asilo en el que había vivido la miseria de sus últimos años. No era noticia que apareciera el cadáver de un anciano desconocido en los cerros de Los Cóndores porque la vida de ese anciano era del todo irrelevante y prescindible hacía ya muchos años y porque nadie recordaba que ese anciano había sido un escritor, o había intentado serlo. A falta de noticias sobre su muerte (solo *La Voz del Pueblo* publicó un recuadro minúsculo en la página policial, titulado «Hallan muerto a viejito que huyó de asilo»), deduje que la policía de Chosica no haría esfuerzos por indagar quién había matado al viejo o por qué. *La Voz del Pueblo*, siempre tan bien informada, citaba una fuente policial anónima, que consideraba «el suicidio por depresión severa» como la hipótesis más plausible, y añadía que probablemente alguien se había robado el arma con la que el viejo Pérez se había matado: menudos sabuesos los informantes de ese pasquín o los fabricantes de mentiras del mamarracho impreso, ¿no podían hacer pruebas para determinar si había rastros de pólvora en sus manos, o si la velocidad y la trayectoria de las balas que le habían despanzurrado los sesos como si un elefante pisara una papaya eran coherentes con la hipótesis del suicidio?, y, sobre todo, ¿no se preguntaban cómo diablos había llegado el anciano hasta esos cerros?, si hubiese querido suicidarse, ¿no hubiera sido más verosímil que lo hiciera en el asilo de la calle Cusco o en sus inmediaciones o en el Parque Central de Chosica? Pues no, el redactor de policiales que citaba una fuente anónima (que con seguridad era solo su imaginación afiebrada y alcoholizada) decía que la policía estaba interrogando a los taxistas de la zona para ver cuál de ellos había llevado al anciano a la quebrada. Dado que el viejo no le importaba a nadie y la mejor prueba de ello era que nadie había reclamado su cadáver (*La Voz del Pueblo* solo aludía al occiso sospechoso de suicida por depresión severa, como NN, de ochenta años, y en ningún momento señalaba que se trataba de un veterano escritor caído en desgracia, que más de veinte años atrás había publicado algunos libros deplorables que ya nadie recordaba, editaba, leía o revendía en mercadillos de baratijas), me sentí orgulloso de mis dos crímenes impunes y feliz de vivir en un país donde la policía parecía dirigida por oligofrénicos o por grandes holgazanes que nunca investigaban nada a menos que alguien les pagase por lo bajo para que aclarasen algún entripado. Deduje razonablemente que nadie vincularía el crimen contra Hipólito Luna (bajo sospecha de haber sido cometido por un esposo celoso, uno de los tantos a los que el Picaflor Literario les ponía los cuernos) con la muerte de Aristóbulo Pérez (a quien nadie, nadie, recordaba como escritor o al menos como presidente de un jurado literario que me humillara años atrás, y sospechoso de haberse suicidado por depresión severa). Como pasaron los días y nadie me llamó para interrogarme y a nadie se le ocurrió que yo podía estar detrás de ambos episodios sangrientos, y como todavía me sentía en buena forma y no sufría los estragos de la enfermedad que acabaría por matarme en pocos meses, me propuse liquidar, exterminar, fumigar al bicho venenoso (o bicho a secas, incapaz de producir veneno no por bueno sino por incapaz) de Profeto Serpa, director de *El Faro de Lima*, el periódico del que me expulsó como si fuera una flatulencia o una flema o una buena meada, el diario del que me echó (a pesar de que estaba dispuesto seguir publicando mis columnas sin cobrarle un centavo) invitándome a tomarme un año sabático.

Un repaso superficial de su vida y su rutina me hizo ver que no sería fácil matar a Profeto del modo discreto y solitario, sin testigos, como yo quería matarlo. No podía hacerlo en el periódico, obviamente; tampoco en su casa, porque tenía esposa e hijos; debía matarlo en algún lugar fuera de su casa y de su oficina, de ser posible en un hotel y no en la calle, donde habría siempre más riesgos. Por suerte, espiando sus salidas del periódico y el recorrido que hacía en su auto (para nada lujoso) hasta llegar a su casa, pude confirmar que el mentecato pelafustán bueno para nada de Profeto Serpa (que desde que asumió la dirección del periódico había logrado hacer declinar las ventas al tiempo que disminuir las utilidades) no se movilizaba con guardaespaldas ni protección alguna. Salía solo del periódico, manejaba solo su mesocrático auto japonés, llegaba solo a su casa, y no parecía salir de esa rutina, no parecía tener una querida, un vicio, una dimensión oscura. Era un mediocre cabal, profesional, y lo era tanto en su trabajo como en los pequeños hábitos que repetía mecánicamente día a día, orgulloso de haber llegado a la cima del periódico, tan orgulloso que no era consciente de que estaba hundiéndolo ni de que si no revertía la consistente tendencia a la baja, los dueños acabarían por echarlo, por muy diligente que fuese en adularlos: tan servil era este pobre miserable que cuando uno de los dueños de *El Faro de Lima* le pedía que se ocupara de tramitar una visa para su hija paseandera, él mismo corría presuroso al consulado y hacía las gestiones pertinentes. Era, pues, un director todoterreno, que bien podía perpetrar un editorial pomposo, como convertirse en pícaro tramitador que cortaba caminos coimeando a quien fuera necesario para contentar a sus jefes, que en realidad eran sus amos.

Sabiendo que Profeto era un bebedor compulsivo y que tenía debilidad por los vinos, pensé enviarle una botella de vino envenenada (había leído que la esposa de un escritor murió por beber el vino envenenado que había mandado como regalo un anónimo admirador que en realidad quería matar al escritor y no a su esposa), pero descarté esa posibilidad porque no era seguro que Profeto la bebiera (era capaz de regalarle la botella a uno de los dueños del periódico o a su esposa o a uno de sus hijos) y porque hice algunas averiguaciones discretas con mi amiga farmacéutica, una señora sabia, taciturna y confiable que me había vendido toda clase de sicotrópicos sin receta durante años, y llegué a la conclusión de que no era fácil comprar veneno de eficacia letal y que mi amiga farmacéutica no parecía dispuesta a ayudarme en esa inquietud (en cambio se preocupó por mi estado de ánimo, me vendió más antidepresivos y me preguntó si estaba pensando suicidarme). Evalué también contratar a una prostituta de lujo que pudiera seducir a Profeto y llevarlo al cuarto del hotel donde yo lo esperaría para matarlo, pero el asunto me resultaba en extremo peligroso porque la prostituta (y no conocía a ninguna de confian-

za o con la que tuviera cierta intimidad) podía delatarme
o traicionarme, o esperar a que yo matase a Profeto y luego chantajearme, lo que me hizo pensar que tal escenario
solo era digno de consideración si estaba dispuesto a matar a Profeto y a la mujer, y la verdad es que no me parecía justo matar a una prostituta que además había tratado
de ayudarme; yo siempre había tenido simpatía por las
prostitutas y mi misión consistía en matar a los cinco hijos de puta pero a ninguna puta.

Fue así como, repasando los posibles escenarios
del crimen, me convencí de que debía resignarme a matar
a Profeto Serpa en la calle, en una que yo escogería, porque lo había seguido ya varias noches a la salida del periódico y sabía bien cuál era el recorrido que repetía solo,
sin protección y en un auto bastante indecoroso para
ir del diario a su casa. Las oficinas de *El Faro de Lima*
estaban en un edificio añoso del centro de la ciudad, y
Profeto Serpa vivía en una pequeña casa en el barrio de
La Molina, pasando los cerros de curvas endiabladas en
las que se habían despeñado no pocos automovilistas. La
ruta de Profeto al abandonar el periódico era siempre la
misma: salir de los espantosos vericuetos del centro, des-
cender al zanjón, subir por la curva cerrada que desem-
bocaba en la avenida Javier Prado, seguir por esa avenida
hasta el óvalo de la Universidad de Lima, desviarse por
la avenida El Polo, trepar en segunda y echando humo
negro por los cerros que surca la avenida Raúl Ferrero y,
pasando el centro comercial, los cines y el Starbucks, girar a la izquierda por la Alameda de La Molina Vieja y
avanzar para luego recorrer dos calles oscuras, desoladas,
sin vigilancia aparente, Los Jacarandás y Las Tipuanas,
hasta llegar a su casa, una casa de dos pisos que podía
tener veinte o treinta años, situada en una calle cualquiera y no en una de esas cerradas a las que solo se accede

tras pasar el umbral fortificado de los vigilantes en sus casetas. Estaba claro: o lo mataba en los vericuetos espantosos del centro, o lo mataba en las calles cercanas a su casa, en Los Jacarandás o Las Tipuanas, en ese barrio venido a menos de La Molina (en comparación con otros barrios cercanos, que se jactan de tener vigilancia privada y una caseta de seguridad por la que es indispensable pasar para ingresar al condominio). Si lo mataba en el centro, correría más riesgos, puesto que a la hora en que salía del periódico (las nueve o diez de la noche) había siempre un considerable número de peatones en sus calles angostas, patibularias, llenas de ratas y rateros y carteristas y pirañitas y soldados de franco buscando levantarse a una puta o a un travesti, soldados que se movían por allí con la misma soltura que las ratas. Si, en cambio, y como parecía prudente, lo mataba en La Molina, solo con muy mala suerte me vería algún peatón: por allí, sobre todo por Los Jacarandás, no solía caminar nadie a esa hora, y los vigilantes de los barrios cerrados más cercanos no escucharían los disparos de mi pistola con silenciador.

Dos cosas tenía claras: quería matar a Profeto Serpa dándole la oportunidad de saber que era yo quien lo hacía y a mucha honra y con incalculable deleite, y no quería que muriera nadie más, bastaba el viejo imbécil que me despidió del periódico y me instó a evadirme en un año sabático que fue una manera de decirme *piérdete, hazte humo, estoy hasta las narices de ti, no quiero verte más en un buen tiempo*. No me sobraba el tiempo, debía actuar con astucia pero también con rapidez. No quería morir sin haber cumplido mi misión, y muerto Profeto todavía me faltaba matar a las dos víctimas más complicadas porque eran, con diferencia, las más inteligentes, suspicaces y escurridizas: el editor ladrón Jorge Echeverría y mi socia y amante traidora Alma Rossi. Muerto

Profeto, muertos ya Hipólito Luna y Aristóbulo Pérez, era posible aunque no probable que Echeverría y sobre todo Alma Rossi atasen cabos y sospechasen de mí. Alma sabía cuánto odiaba yo a Luna, cuánto despreciaba al viejo Pérez, cuán humillado me había sentido por Serpa cuando me expectoró del periódico como a un salivazo viscoso. Ella moriría al final, en vísperas de mi muerte, pero ella sin duda era capaz de armar el rompecabezas y, muerto Echeverría, si conseguía matarlo en esta carrera contra el tiempo, sospecharía inmediatamente de mí y podría denunciarme a la policía y pedir alguna forma de protección o huir al extranjero.

Todo ello me hizo razonar lo siguiente: muerto Profeto, la noticia saldría en primera plana de *El Faro de Lima*, esa noticia no podía ser ignorada al menos por su periódico, que seguramente atribuiría el crimen a un mafioso narcotraficante al que venían denunciando (lo que jugaba a mi favor) y exigiría a la policía que diese con el culpable o los culpables de tan execrable acto de violencia contra un prohombre de la prensa nacional. Era lógico suponer que los dueños de *El Faro de Lima* aprovecharían el asesinato de Profeto Serpa para salir de la crisis, vender más periódicos y procurar instalarse como un diario insobornable que libraba una guerra sin cuartel contra los capos del narcotráfico, en particular contra el mafioso amazónico Federico Poleo, al que venían persiguiendo con saña y cuya captura reclamaban en numerosos reportajes que probaban que había fundado un banco y una aerolínea con las ganancias pingües de sus negocios cocaleros. Es decir que la muerte de Profeto sería noticia y Echeverría y Alma Rossi se enterarían enseguida, y quizás ellos y solo ellos dudarían de la hipótesis oficial: que unos sicarios habían matado a Serpa en venganza por todos los artículos que *El Faro de Lima* había publicado contra Poleo y su familia (que vivían en Boca Ratón y sin duda eran capaces de ordenar la muerte de Serpa). Es decir que, muerto Profeto Serpa, debía matar sin dilaciones, pocos días después, a Echeverría y a Alma Rossi, y, de ser posible, a ambos en el mismo escenario, pues si solo mataba a Echeverría, Alma Rossi correría a la policía para denunciarme, así de astuta y arpía y desleal era esa maldita puta a la que alguna vez amé y a la que creo que hice gozar más de lo que ningún hombre la había hecho gozar hasta entonces, aunque tengo la sospecha de que luego Echeverría la hizo gozar más, en el sentido erótico y en todos los sentidos, maldito bastardo hijo de puta que se robó mis libros y luego se robó a la mujer que más amé: sí, los mataré estando juntos, y sí, los mataré sin demora, después de deshacerme del bicharajo de Profeto Serpa, el sujeto más mediocre, pusilánime y arrastrado que he conocido, y por eso mismo director de *El Faro de Lima*, diario que debería llamarse *El Falo de Lima* porque, estando casado y con hijos, todos sabemos que Profeto Serpa es un marica consumado, tan marica que no se atreve a ser marica y vive a escondidas y con vergüenza su condición de puto horripilante al que ningún homosexual tocaría nunca, a no ser por una buena suma de dinero.

Entonces el plan está claro: mañana por la noche emboscaré al marica en el clóset de Profeto Serpa en una calle apacible de La Molina y le meteré tres tiros en el culo y otros tres en la sien para asegurarme de que se tomará un inacabable año sabático.

NUEVE

Lo espero en un mi vieja y leal camioneta 4x4 Toyota Land Cruiser, que compré hace años y tiene más de cien mil kilómetros y hasta una bajada de motor.

Sé que en algún momento de la noche (y son las ocho cuando me estaciono en la calle Los Jacarandás de La Molina) el auto conducido por Profeto Serpa pasará, a pocas cuadras de llegar a su casa en la calle Las Tipuanas.

Solo es cuestión de paciencia. Puede que la espera sea larga, pero en algún momento pasará y entonces ejecutaré el plan que he tramado. Espero escuchando una música clásica que me eleva el espíritu y me llena de inspiración para acometer esta pequeña obra de arte: eliminar a un sujeto tan despreciable y repulsivo como el que me propongo exterminar será, sin duda, un acto bello y redentor, que purificará al mundo de una presencia tóxica y que mejorará o hará menos indigna a la especie humana y que, de ese modo, me convertirá a mí en una persona razonablemente satisfecha de haber contribuido a que el mundo sea un mejor lugar para vivir (nadie en su sano juicio podría discutir que la existencia de Profeto Serpa afea, envilece y empeora el mundo moral, intelectual y estéticamente, y que, por lo tanto, su desaparición será una delicada ablución, el aerosol que disuelve la mancha, el trapo que pasa sobre la suciedad y la elimina del todo).

Hubiera querido conseguir otra pistola para no usar la que ya empleé contra Hipólito Luna y Aristóbulo Pérez, pero era complicado y riesgoso porque cualquier método legal o clandestino para comprar un ama de fuego implica necesariamente exponer mi identidad. Usaré, pues, la vieja y leal Beretta con la que despaché al gusano de Hipólito Luna y al sapo viejo de Aristóbulo Pérez.

Mientras espero me pregunto: *¿Es una venganza excesiva que me disponga a matar esta noche a Profeto Serpa solo porque, en uso de sus atribuciones como director de El Faro de Lima, mudó mi columna de la página de cultura a la de espectáculos, y luego de los domingos a los lunes, y porque la suprimió de su periódico cuando le envié un correo electrónico impregnado de una ironía corrosiva que con seguridad no le hizo gracia y le dio, en cambio, el pretexto que estaba esperando para despedirme? ¿No fui imprudente al escribirle ese correo sardónico en el que le decía que seguramente me había pasado a la página de espectáculos porque mi prosa le parecía espectacular? ¿No propicié con ese correo mi salida intempestiva del diario? De no haberlo enviado, quizás todavía Profeto Serpa seguiría publicando mi columna los lunes en la página de espectáculos que, siendo peor que salir los domingos en cultura, era con toda seguridad mejor que no salir nunca. ¿Es, entonces, una canallada, una maldad, una venganza desmesurada y cruel la que me dispongo a ejecutar? ¿Merece Profeto Serpa el castigo de morir solo porque eliminó mi columna de El Faro de Lima?*

No me cabe duda alguna: Profeto Serpa merece morir. Sobre lo que sí me caben dudas es acerca de por qué merece morir: si porque fue mezquino y cruel conmigo o simplemente porque es un sujeto repugnante, mediocre, servil, que desdora el noble oficio del periodismo y afea con su cara de sapo muerto el ornato público. Pienso que merece morir sin la menor duda, y no solo porque es una criatura contrahecha, esperpéntica, zafia y chocarrera, un error de la genética, sino también porque lo que hizo conmigo revela la innoble madera que constituye al inefable (solo pronunciar su nombre ya invoca malos augurios) Profeto Serpa. Lo que hizo conmigo lo debe de haber hecho con mucha otra gente, y es algo que encuentro particularmente vil: de pronto una persona se encuentra en una posición de poder que no esperaba, y se sorprende del poder que ostenta y decide usarlo, ejercerlo de un modo abusivo; decide usar el poder que le ha sido conferido, que le ha caído en gracia no para ser justo sino para ser implacable y despiadado con quienes están en una posición de debilidad o de inferioridad frente a él. Profeto Serpa encarna a todos los poderosos que se intoxican con el poder, a quienes el poder despierta los peores instintos de venganza y acaban usándolo no para proteger a los débiles o cuidar que se haga justicia o premiar a los virtuosos o castigar a los ineptos y pusilánimes, sino todo lo contrario, acaban usando ese poder (que no merecían) para ser crueles con los débiles, injustos con sus adversarios, y envidiosos y mezquinos y vengativos con quienes perciben como más talentosos, y así corrompen el poder, traicionan la confianza depositada en ellos y usan el poder no para buscar la excelencia o la belleza, sino para dar rienda suelta a sus instintos facinerosos y machacar sin piedad a los que detestan sin razón alguna o por la mera razón de que los imaginan más felices que ellos, que no por detentar temporalmente el poder dejan de ser los infelices que han sido siempre y entonces abusan de él para que muchos otros sean tan infelices como ellos, para que se encuentren o igualen en la miasma pantanosa de la infelicidad.

Conclusión: Profeto Serpa debe morir. Por lo que me hizo, por lo que hizo a otros y porque representa a todos los que abusan del poder para humillar a los débiles o a quienes no pueden defenderse del atropello sufrido. Profeto Serpa es, entonces, el director mediocre y vengativo de un periódico de Lima, pero es también (o así lo veo yo, no puedo evitarlo) todos los dictadores, sátrapas, tiranuelos, ricachones avaros, gerentes desalmados y poderosos sin compasión que habitan el mundo y que lo envenenan con su maldad. Profeto Serpa debió recordar algo tan simple como esto: cuando tengas poder, sé justo y prudente; si no lo eres, ganarás enemigos y podría costarte la vida. Le costará, efectivamente, cuando pase por esta calle.

De pronto escucho el ruido de un auto y veo por el espejo retrovisor que sin duda es él, es Profeto Serpa manejando su auto. Enciendo la camioneta enseguida, tengo la pistola a mi lado. Dejo que Profeto pase a mi lado y acelero la camioneta, la acerco al auto de mi enemigo y, sin tocar la bocina ni hacerle juego de luces, verificando que estamos en la calle más propicia para la emboscada, Los Jacarandás, y que no hay vigilantes por los alrededores, aprieto el pedal a fondo y choco por detrás el auto de Profeto con tal violencia que puedo ver su cabeza inclinándose hacia adelante y tal vez golpeándose con el timón; lo choco con tal violencia que Profeto se asusta, se descontrola y su auto da unos brincos chúcaros y se apaga.

Luego ocurre lo que tenía previsto: Profeto baja del auto, camina con perplejidad e indignación, observa los daños que he causado en la parte trasera de su automóvil (una abolladura no menor, los faros rotos) y, sin imaginar lo que le espera, viene hacia mí.

Mi camioneta sigue encendida, pero apago las luces. Bajo la ventana de mi lado y me encuentro con Profeto Serpa diciéndome con virulencia:

—¿Está usted loco o qué? Mire cómo ha dejado mi carro, ¡hecho mierda! Más vale que tenga seguro porque ahorita mismo nos vamos a la comisaría y sentamos la denuncia. Usted pagará por todos los daños, le advierto.

Está tan furioso que no me ha mirado con detenimiento, no me ha reconocido, está ensimismado en su teatral demostración de virilidad, encantado de escucharse a sí mismo, desafiándome a ir a la comisaría.

—¡Y voy a exigir que le hagan dosaje etílico! —grita Profeto, mirando su auto machucado, todavía sin advertir que soy yo, Javier Garcés, el escritor de la trilogía *Pene Primavera*, el ex columnista de *El Faro de Lima*, quien escucha sus inflamadas advertencias, sus amenazas flamígeras, todo un director de periódico gimoteando por su honor en la vía pública.

—Profeto, soy yo —le digo.

Recién entonces se calla y se acerca más a la ventana y me mira achinando los ojos.

—Soy Garcés —le digo—. Javier Garcés. El escritor.

—Ah, caramba, no lo había reconocido —dice Profeto, sorprendido, tal vez asustado, en todo caso disgustado de verme—. ¿Qué lo trae por acá? ¿Y cómo es que usted, Garcés, maneja como una bestia?

—Venía a saludarlo —digo con voz mansa, afectuosa—. Quería pasar por su casa a darle una buena noticia.

—¿Una buena noticia? —pregunta mirándome con insolente desprecio—. ¿Cuál es la buena noticia? ¿Que está borracho y me ha chocado como un idiota?

—No —le digo—. Quería contarle que me voy a tomar un año sabático.

Miro por el espejo retrovisor: por suerte no viene nadie, la calle está despejada. Tampoco han salido los vecinos a curiosear. De momento he tenido suerte, debo actuar con rapidez.

—Bueno, lo felicito por su año sabático, pero antes va a tener que venir conmigo a la comisaría de La Molina y hacerse responsable de la barbaridad que ha cometido —me dice Profeto Serpa—. Primero me paga los daños y después puede irse a su bendito año sabático, Garcés.

—No va a ser posible, lo siento —digo con voz afectada.

—¿Cómo que no va a ser posible? —se enfurece Profeto Serpa sin saber que está pronunciando sus penúltimas palabras—. ¡Usted viene ahorita mismo conmigo a la comisaría, carajo!

—No, Profeto —le digo—. Usted viene conmigo al año sabático.

—¿Cómo dice? —se asusta un poco.

—Que hoy también comienza su año sabático —le anuncio.

—¿Cómo así? —pregunta, levemente erizado, dando un paso atrás.

—Así —le digo, y saco la pistola.

Disparo una bala que le penetra por la nariz y lo derriba, y luego disparo dos balas que le perforan el pecho y lo hacen sangrar profusamente, y me llega el hedor a mierda, una pestilencia a caca humana recién defecada: al morir, Profeto Serpa ha perdido el control de sus esfínteres y se ha cagado de miedo.

Sobre un baño de sangre y mierda queda tendido Profeto Serpa, muerto sin duda. Por las dudas le apunto a la cabeza y le disparo otra vez. Luego me repugna el olor de su mierda fresca y decido que ha llegado el momento de dejarlo solo, disfrutando de su año sabático.

Retrocedo deprisa con las luces apagadas y me alejo de la escena del crimen pensando que de las tres muertes que me he regalado, esta es (por alguna razón que no sabría explicar) la que más he disfrutado o la que considero más justa, más justa aun que la que se ganó con tesón el gusano baboso de Hipólito Luna, mucho más justa que la que se ganó en una votación literaria manchada por la lechada que se le salía por las orejas el pobre Aristóbulo Pérez. ¡Qué momento hermoso e inspirador ha sido ver morir cagándose de miedo al mal bicho que se cagó en mi columna! Dios, gracias por concederme tantas felicidades que no merezco. No pude nunca tomarme un año sabático y no me queda ya tiempo, ya es tarde, me espera la muerte a la vuelta de la esquina, pero matar delicadamente y con ternura a Profeto Serpa, forúnculo humano, ha sido mejor que cualquier año sabático en la ciudad más bella del mundo. Nada es más bello que ver morir al que debe morir.

DIEZ

Quien ahora debe morir (y puede que sea la víctima más peligrosa, porque es más astuto y retorcido que yo, y desconfía de cualquier bicho de la especia humana por puro instinto de supervivencia) es el editor mafioso y ladrón de Jorge Echeverría.

No me queda tiempo para dudar, no puedo permitir que el miedo me paralice cuando falta poco para completar mi misión. Una vez cumplida, esperaré la muerte en paz.

Entretanto, y como había previsto, *El Faro de Lima* ha hecho un escándalo pueblerino de la muerte de su difunto director y ha insinuado, casi ha afirmado, que el principal sospechoso del crimen es el mafioso amazónico Federico Poleo, residente en Boca Ratón, sindicado de amasar una vasta fortuna como narcotraficante en su juventud pistolera y ahora dueño de un banco y de una aerolínea. Nadie en *El Faro de Lima* debe de recordar que hace años, a poco de asumir la dirección, Profeto Serpa dio de baja mi columna semanal; nadie en su sano juicio sospecharía que un escritor de éxito como yo, que en modo alguno necesitaba publicar esa columna para reforzar su prestigio o mejorar sus ingresos económicos, que solo publicaba esa columna por pura vanidad intelectual, llegaría a odiar (y al punto de matarlo) al sujeto que, sin decírmelo con esas palabras, me comunicó sibilina e insidiosamente que su periódico era mejor sin mi columna que con ella. No: era mejor con mi columna. Profeto cometió un error que le costó la vida. Y ahora el mundo es ciertamente un lugar mejor sin él.

De Jorge Echeverría puede decirse sin faltar a la verdad que es un bribón, un caradura y un cachafaz, que es un ladrón profesional y un embustero de cuidado, que no tiene escrúpulos ni sabe lo que es tenerlos porque nació sin ellos y la palabra *escrúpulo* le resulta extraña y afeminada, que es un hijo de puta orgulloso de serlo al punto que procura refinar tal condición, pero lo que no puede decirse de él es que sea un mediocre y un imbécil, un perdedor grasoso, lo que sí podía decirse de Hipólito Luna, de Aristóbulo Pérez y, a pesar de que era director de un periódico, del pelele cagón de Profeto Serpa.

Echeverría es de mis enemigos el más poderoso y el que más daño me ha causado. Sabe que lo odio y no ignora que soy capaz de vengarme de él por el masivo despojo económico del que me ha hecho víctima. Sabe por Alma Rossi que lo odio más que a nadie y que deseo su muerte con ardor. Aun si Alma Rossi no me hubiese traicionado confiándoselo mientras estaban enredados entre sábanas, probablemente el taimado asaltante de Echeverría lo sabría de todos modos, porque si en algo es bueno es en saber por dónde vienen los tiros, por dónde atacar, cuáles son los puntos débiles de sus enemigos. Yo podría alegar que mi obra literaria prueba que soy artísticamente más dotado o valioso que Echeverría, y aun eso sería discutible, dado que él no ha acometido ninguna empresa artística. Pero no podría sostener el argumento de que la montaña de decisiones que han hecho de mi vida lo que es mi vida es más alta que la de Echeverría.

Dicho de otro modo, siendo verdad que yo me he dado el lujo de triunfar en aquello en lo que me propuse (ser un escritor), no lo es menos que Echeverría ha triunfado también en lo que se propuso (ser un editor), y si medimos objetivamente quién ha triunfado más o quién ha triunfado a expensas del otro o quién se siente más triunfador, no cabe duda de que Jorge Echeverría me aventaja y con holgura. Sería mezquino negar que, además de ser un ladrón sin remordimientos, es también un editor con un olfato infalible para distinguir lo bueno de lo mediocre y para adivinar las preferencias de los lectores (o para manipularlas). Es decir que Echeverría es un gran editor y un gran ladrón, en ese orden, y podría haber sido un gran editor sin elegir ser también un gran ladrón, y me resulta un misterio indescifrable el que, poseyendo el talento que sin duda posee para elegir los libros que la gente quiere leer o para convencer a la gente de los libros que debe leer, haya ensuciado y envilecido su reputación dedicándose a esquilmar a escritores indefensos, siendo yo una de sus tantas víctimas. Ocurre, entonces, un fenómeno curioso: no hay escritor que no respete a Echeverría como editor que no hace concesiones en la búsqueda de la excelencia, del mismo modo que no hay que escritor que ignore que Echeverría tarde o temprano le va a robar, que no sepa que cuando se firma con él se le ha vendido el alma al diablo (pero cómo resistir la tentación de publicar en Perfil Bajo, que es la editorial de culto en la que todos queremos o queríamos publicar).

Si medimos en dinero el daño que me han causado los cinco hijos de puta que me he propuesto matar antes de morir, parecería indudable que es Jorge Echeverría quien más daño me ha causado, quien más me ha birlado. Hipólito Luna hizo todo cuanto pudo para sabotear mi carrera de escritor pero no lo consiguió, y muy a su pesar, e incluso gracias a sus críticas inamistosas, gané con mi trilogía más dinero del que había imaginado que un escritor podía ganar: está claro que Hipólito Luna no me causó un perjuicio económico, solo uno de índole personal, uno contra mi vanidad como escritor. Aristóbulo Pérez, al negarse a votar por mí y concederme el Premio Nacional de Novela, me privó de dicho honor y de la dotación económica que lo acompañaba: cincuenta mil dólares. Miradas las cosas con lucidez, el daño que me causó fue menos económico que profesional: yo quería ganar ese premio no por la plata, sino por el prestigio y el honor que distinguían a quien lo ganaba y que acallaban a quienes habían criticado con aspereza al ahora coronado por sus pares con el premio más codiciado de mi país. Del mismo modo, yo no odié a Profeto Serpa por razones monetarias (primero me pagaban una miseria por mi columna y luego la publicaban sin cobrar, y estaba dispuesto a seguir escribiéndola sin cobrar), lo odié porque me humilló al hacerme sentir (cada domingo y cada lunes al leer su diario) que mis columnas lastraban ese periódico, lo empobrecían, eran tan despreciables que ni siquiera valían sin pagar un centavo por ellas. De manera que los tres cuya muerte me ha devuelto la fe en la vida me hicieron no tanto daño económico como daño moral, una afrenta a mi orgullo o mi vanidad como escritor, los tres me insultaron y se cagaron en mí como escritor, unos repetidamente y de un modo casi obsesivo, como el gusano de Luna, otros con una decisión brusca y brutal, como las alimañas ya fumigadas de Pérez y Serpa.

El caso de Echeverría es distinto y por eso encuentro más razones para odiarlo. Echeverría me ha causado un daño económico incalculable, me ha robado una fortuna publicando mis libros sin permiso y sin pagarme regalías, se ha construido una mansión gracias al dinero que me ha sacado del bolsillo. Solo por eso lo odio, y debo matarlo. Pero no sabría decir si lo odio más por el dinero que me ha robado (y que no puedo calcular porque el solo ejercicio de intentarlo me provoca dolores intestinales y una urgencia por vomitar la bilis que envenena mis entrañas) o por la humillación que me ha infligido al hacerlo con todo descaro y a sabiendas de que no puedo impedirlo. Conociéndome como me conozco, y siendo un miserable adicto al dinero como soy, creo que mi odio a Echeverría está más fundado en el dinero que en el ultraje. Si un editor pobretón hubiese publicado mis libros sin permiso y a duras penas hubiese conseguido vender unos pocos centenares de ellos, creo que lo hubiera despreciado, pero no odiado, porque me hubiese reído de su chapucería y de su torpeza, y saber que aun robándome seguía siendo un editor pobretón y angurriento me hubiese consolado de la irritación que semejante hurto habría provocado en mí. Pero el caso de Echeverría es bien distinto, y me duele y enerva no tanto por el robo en sí mismo como por las tremendas ganancias que ese robo le dejó. Esto que siento con Echeverría no lo he sentido nunca con nadie y no consigo evitarlo: siento que me violó, que me sodomizó intelectualmente, que hizo conmigo y con mis libros lo que quiso y que debe de estar meándose de la risa mientras saca las cuentas de todo el dinero que ha ganado con los libros que tanto trabajo (es un decir) me costó escribir (digamos la verdad: el escritor no trabaja cuando escribe, sino que celebra su existencia y erige un pequeño monumento hecho de palabras en honor a sí mismo; todo escritor es, por definición, un haragán y un ególatra, un rendido admirador de sí mismo y alguien que goza más leyéndose que leyendo a otros, o ese es el escritor que soy yo y que quizás otros no sean, pero tiendo a creer que todos los escritores escriben precisamente para no trabajar, para refugiarse en un oficio sedentario que les evite las fatigas de una labor vulgar).

En el caso de Echeverría, la venganza sería perfecta si, en lugar de matarlo, o antes de hacerlo, pudiera robarle el dinero que me ha quitado y condenarlo a la ruina, pero carezco del talento cibernético o de las habilidades en el hurto para intentar siquiera apropiarme de ese dinero y obligarlo a declarar en bancarrota su prestigiosa editorial. No sé penetrar cibernéticamente cuentas bancarias, no sé robar un banco o chantajear a un facineroso, no sé cómo diablos podría urdir una trampa para recuperar el dinero que Echeverría me robó. Si Alma Rossi fuese todavía mi socia y mi amiga y mi amante ocasional, tal vez a ella se le ocurriría una manera eficaz de despojar a Echeverría de su fortuna innoble e inmerecida. ¿Inmerecida? De esto no estoy tan seguro: si bien legalmente no le corresponde el dinero que me robó, lo tiene consigo, encontró la manera de tomarlo con impunidad, y ello entraña audacia, pericia y sangre fría, y por lo tanto Echeverría tiene el dinero que merece. Tiendo a creer que la gente tiene exactamente el dinero que merece, aunque siempre o casi siempre piensa que merece más: pues no, si no tiene más, es porque no ha sido capaz de ganarlo o robarlo, y Echeverría demostró sobrada capacidad para hacerse de la fortuna que me escamoteó.

Podría decirse que, aunque odiándolo como lo odio, y estando seguro de que debo matarlo sin dilaciones (pero con extremo cuidado: este es el más desconfiado y peligroso de mis enemigos), Echeverría es un sujeto al que, pese a que me duela reconocerlo, en cierto modo admiro. Lo admiro porque es mucho más hijo de puta que yo y porque cuando quiere algo es mucho más despiadado que yo para conseguirlo (y yo ya he demostrado, matando a tres homínidos venenosos, que puedo ser bastante hijo de puta, pero nunca tanto como el cabrón de Echeverría). Lo admiro, entonces, por la misma razón que debo matarlo: porque la suya es una inteligencia gobernada por la maldad en estado puro y su triunfo se debe al ejercicio sistemático de esa maldad. Luna, Pérez y Serpa también eran malos, pero malos ridículos, malos penosos, malos perdedores, malos incapaces de un bello y refinado acto de maldad como los que han signado la vida de Jorge Echeverría. Tal vez sea exagerado decir esto, pero no he conocido a un sujeto más malo (y al mismo tiempo encantador) que Echeverría. Si no me hubiera robado, podríamos ser grandes amigos y cómplices colosales. Solo un gran hijo de puta reconoce a otro hijo de puta más grande que él, y esto es lo que me ocurre con Jorge Echeverría, y entonces ya no sé si quiero matarlo por todo el dinero que me ha robado, por todas las humillaciones por las que me arrastró en incontables ocasiones viendo mis libros publicados sin permiso por su editorial o paseándome por la mansión a la que me invitó con calculada saña, o simplemente porque mi odio se origina en la envidia, en la que siento porque yo no pude ser un hijo de puta tan perfectamente acabado como él, porque me sé inferior a él en las bellas artes de la maldad, el rencor, el odio y la venganza, artes en las que, sin saberlo, robándome libro tras libro, el mismo Jorge Echeverría me ha educado. Ahora debo matarlo para demostrarle que he aprendido a ser al menos tan hijo de puta como él.

ONCE

Repasemos los posibles escenarios del crimen. Recordemos ante todo que no debe de haber testigos (si los hubiera sería menester eliminarlos en el acto, lo que resultaría engorroso) y que el que va a morir, mi editor ladrón, debe saber bien quién lo está matando, yo y a mucha honra. Podría matarlo en su casa, sé dónde vive. Si me aparezco una noche y toco el timbre, me abrirá con seguridad. No sospecharía que llego para matarlo, pero lo más probable es que estuviera acompañado por su mujer y por los empleados domésticos, y que mi imagen quedara grabada en alguna cámara de seguridad. No parece conveniente en modo alguno intentar matarlo en su reducto lujoso y fortificado. Acabaría siendo una orgía de sangre. Quizás tenga armas de fuego y cuando vea mi rostro en la cámara de seguridad o le informen de mi súbita e inesperada visita me espere agazapado con una pistola y me dispare antes de que yo consiga dispararle: en ningún caso debo subestimar la astucia de mi enemigo y su natural habilidad para leer las (malas) intenciones de quien tiene enfrente. Podría matarlo en su editorial, pero es obvio que mucha gente me vería entrar y salir, la policía me atraparía tarde o temprano (no me importaría que me atrapen y encierren en una mazmorra, siempre que hubiera cumplido mi misión y tanto Echeverría como Rossi hubieran muerto viéndome matarlos: ya luego esperaría mi muerte con la satisfacción del deber cumplido y una vida no en vano vivida). Podría emboscarlo en la calle, como hice con Luna y Serpa con tan buenos resultados, pero Echeverría no se moviliza en transporte público como hacía el finado Luna, ni maneja a solas un auto ya estragado por los años como hacía el difunto Serpa: Echeverría se mueve en un auto de lujo, quizás blindado, con chofer y guardaespaldas, ambos armados y bien entrenados en el oficio de disparar. Debo, entonces, tenderle una trampa lo bastante creíble o persuasiva para que ese ladrón hijo de mil putas venga al lugar donde yo lo esperaré para matarlo. ¿Conviene que sepa que soy yo quien lo espera, o saberlo disparará su paranoia y su culpa, y le hará tomar recaudos y protecciones? ¿Es mejor engañarlo citándolo a un encuentro con alguien que él conoce y en quien confía para que acuda con la guardia baja? El sentido común me dice que si llamo a Echeverría y le propongo un encuentro en un lugar neutral (digamos, un hotel o un restaurante o un café) y le digo que quiero darle a leer el manuscrito de mi nueva novela, él se sentirá tentado de venir a mi encuentro, sentirá la punzada de la curiosidad por comprobar si en efecto he sido capaz de escribir una novela tras tan largo silencio literario, pero, sabiendo como sabe que lo odio, sabiendo como sabe que sé todo lo que me ha robado, sabiendo por Alma Rossi que deseo su muerte, vendrá con ella, con sus custodios, con redoblada protección, y un error a estas alturas podría costarme la vida, y si bien ahora se mide en meses o en semanas y es poco lo que vale, para mí el éxito o el fracaso de mi vida entera depende de mi capacidad de matar a Echeverría y a Rossi, pero especialmente a Echeverría; fallar luego con Rossi me importaría menos: cuatro de cinco sería una buena marca para morir en paz.

Solo hay una persona capaz de atraer sin desconfianza alguna a Echeverría, y esa persona es Alma Rossi. Echeverría iría a ciegas adonde ella lo citara. La ama, la admira, la sabe tan hija de puta como él; es quizás su conquista más valiosa. Alma Rossi le recuerda a Echeverría, cada vez que se arrodilla y le baja la bragueta y le obsequia una mamada, que él siempre consigue lo que se propone, y que la mujer que era mía y que se metía mi pene en la boca es ahora suya y se lo chupa a él. Echeverría solo vendrá al lugar donde yo lo espere si es Alma Rossi quien lo llama y le pide que venga. Por lo tanto, para matar a Echeverría tengo que secuestrar primero a Alma Rossi y obligarla a hacer exactamente lo que le diga (y la primera de esas órdenes será, desde luego, que me la mame y se la trague toda).

Alma Rossi vive sola. Sé dónde vive. Lo sé porque no hizo ningún esfuerzo por ocultar que se compró una casa en el mismo barrio donde vive Echeverría. Podría ir a su casa y tocarle el timbre, pero no sé si me abriría, creo que no, creo que le daría miedo y que llamaría a Echeverría y en minutos llegarían los matones del editor mafioso.

Alma Rossi es una de esas personas que disfrutan de estar solas y que procuran que sus vidas sean la suma de días precisamente calculados, días en los que se repitan ciertos hábitos, ciertos placeres, un número de ceremonias discretas que les recuerden que están en control, en absoluto control de sus vidas, y que todo lo que ocurre no es fruto del azar o de la voluntad de otros, sino que está dictado por su voluntad veleidosa, caprichosa, vanidosa en grado sumo. Alma Rossi no ama a nadie porque no le queda tiempo después de amarse tanto a ella misma. No me amó ni ama a Echeverría, ni ama su trabajo: lo que ama, lo que en verdad ama, es ser ella misma y guiar sus pasos y atestiguar que en cada pequeño movimiento es ella la que manda, la que hace lo que le da la gana, incluso cuando se arrodilla para mamársela a su jefe: jamás lo hace cuando se lo ordenan, solo cuando le apetece.

Alma Rossi es, entonces, vulnerable (o eso quiero creer) porque le gusta que sus días sean iguales, un homenaje al imperio de sus caprichos. Le gusta ir a los mismos lugares de siempre, a la misma hora, sentir que su vida está exenta de sorpresas o disgustos y que transcurre en los bellos escenarios que ella elige para embellecerlos todavía más con su presencia. Como a ella y a mí nos gusta la buena vida, y como la buena vida discurre en unos pocos hoteles, restaurantes, salones de té y salas de masajes (Alma Rossi no incluye a los gimnasios entre los lugares donde discurre la buena vida, y desde luego yo tampoco), en algunas ocasiones la he visto comiendo en cierto restaurante, bebiendo en la barra del bar inglés de cierto hotel, tomando el té en el salón de vitrales señoriales de otro hotel. La he visto a lo lejos, sin que ella me vea, y me he replegado. A veces he regresado el mismo día, a la misma hora, espiándola, solo para confirmar que, en efecto, Alma Rossi es una criatura perezosa y sedentaria que ama repetir placeres seguros, como tomarse un champán o un té de rosas y jazmines, sin privarse de la degustación de sánguches variados.

Está claro, entonces, que en uno de esos hoteles (en el bar inglés o en el salón de los vitrales majestuosos) debo sorprender a Alma Rossi, sentándome a su mesa y dándole una orden antes de que ella tenga tiempo de sacar el celular y llamar aterrada a Echeverría. Alma Rossi será mi rehén y, una vez que la tenga secuestrada, haré que llame a Echeverría y sin duda él vendrá y entonces los mataré a ambos, aunque no sé a quién primero, porque mi urgencia por liquidarlos no es mayor que mi urgencia por meter mi verga en la boca de Alma Rossi, y tengo que encontrar la manera de hacerlo cuando ella todavía esté viva y Echeverría ya muerto, o mirándonos todavía mejor.

DOCE

La veo a lo lejos, sentada en la misma mesa que siempre ocupa los viernes por la tarde en el salón del té (conocido como el salón de los vitrales) del Country, sola, ensimismada, de espaldas a la recepción y a la puerta del hotel, mirando hacia el jardín, bebiendo morosamente una taza del té que siempre pide, de rosas y jazmín con miel de abejas orgánica. No fuma, no come chocolates ni galletas, cuida con celo su belleza y su salud. Sigue siendo tan atractiva y misteriosa, tan extrañamente melancólica, tan herida por algo incierto, como lo era cuando la conocí y sin darme cuenta ni quererlo (y hasta tratando de evitarlo) me enamoré de ella y fundamos la editorial, lo que en realidad solo hice porque ella me lo pedía, porque estaba tan embrujado por sus encantos que mi única intención era halagarla y, en lo posible, borrar de su rostro esa sombra de tristeza que solía eclipsarlo. Alma Rossi es la mujer más fascinante que he conocido, la mujer que más me ha educado, de la que más he aprendido, y sin duda alguna la que más placeres me ha concedido. Sin embargo, la veo allí a lo lejos, bebiendo el té como todos los viernes en el salón del los vitrales, y recuerdo que no he ido allí a contemplarla absorto y extasiado sino a cumplir una misión, una misión que, muy a mi pesar (porque de verdad me duele pensar en lo que estoy a punto de perpetrar), le costará la vida, le costará la vida a ella y a Jorge Echeverría, no necesariamente en ese orden, pues sin ella no conseguiré emboscar al ladrón y mafioso que me robó a esa mujer y que me sumió en una desdicha que no tiene cura y de la que ya no tengo ilusión de recuperarme, sabiendo como sé que la muerte me espera en pocas semanas.

Tengo que matar a Alma Rossi, pero esa determinación no me impide observar el frágil refinamiento de su belleza, su aire lánguido y ausente, los encantos que surtieron en mí un efecto hipnótico y que, aun ahora, sabiendo que me traicionó y abandonó, me dejan aturdido y dudando de mi misión, o dudando de mi firmeza para cumplir esa misión: ha sido fácil apretar el gatillo frente al gusano de Luna, frente al arácnido de Pérez, frente al insecto de Serpa, pero, ¿podré apretarlo frente a esta criatura desalmada y ruin, pérfida pero angelical?

Me acerco con pasos vacilantes a la mesa donde se halla disfrutando de sí misma y sin ganas de que nadie la interrumpa ni le haga compañía, Alma Rossi, mi ex socia, ex amiga, ex amante, mi cuarta o quinta víctima, no sé en qué orden la mataré, lo decidiré en el momento oportuno. Ella no presiente que se aproxima el peligro y sigue perdida en sus pensamientos, la mirada extraviada en los jardines del hotel, por donde unos camareros van y vienen llevando bandejas, mientras unos jóvenes levantan un toldo y afirman los tubos que lo sostendrán: una fiesta inminente, una fiesta como casi todos los viernes en ese hotel, una fiesta a la que Alma no acudirá en ningún caso, aun si estuviera invitada y le rogaran asistir, pues se trata de una mujer que cultiva la soledad y el silencio como si la versión mejor de sí misma asomase solo cuando nadie la acompaña ni la aturde con alguna cháchara impertinente, como si nadie estuviera a su altura y por eso ella se resignara a quedarse sola, para no enfangarse con las vulgaridades y la mediocridad de los demás.

Sin decir palabra, me siento a su lado y la miro, y es un placer inenarrable ver cómo se desdibuja su rostro de facciones perfectas, cómo la mujer en perfecto dominio de las circunstancias que era unos segundos atrás es ahora sacudida por un ramalazo de angustia y pavor, cómo esos labios que antes remojaba en té de jazmín y rosas ahora tiemblan levemente sin saber qué decir, cómo sus finas manos de pianista se repliegan, se retiran de la mesa, como si buscaran algo en su cartera. Alma Rossi y yo no nos hemos visto en años y ahora nos miramos y no desviamos la mirada uno del otro, ella con su magnífica altivez socavada por el miedo, yo con menos desprecio que admiración por su belleza incuestionable, olvidando por un momento que he venido a matarla y no a observarla embobado. Alma Rossi y yo nos hicimos amigos, socios y amantes porque nos parecemos mucho y sabemos replegarnos sobre silencios como este, que ahora soy yo quien debe romper, porque ella no me dignificará diciéndome dos palabras o preguntándome qué hago allí, porque sabe que mi presencia es una irrupción violenta, descomedida, abusiva, en su discreta ceremonia del té, y porque sabe también que si habla será inevitable que su voz suene quebrada por el miedo que la embarga y su orgullo pretende que yo no advierta lo que es evidente, que está asustada, aterrada, porque me conoce y sabe que si me he sentado a su mesa sin decir palabra, y mirándola fijamente, sin sonreírle ni mencionarle alguna cursilería que rompa el hielo, es porque no vengo con las mejores intenciones.

No tenía previsto decirle lo que le termino diciendo (en realidad no tenía previsto decirle nada, solo improvisar), pero sentí que era justo y caballeroso hacer una observación que por fin espante el silencio que nos torturaba:

—Había olvidado lo guapa que eres.

Alma no sonríe, no me mira, baja la mirada, busca su cartera.

—No toques el celular —le advierto—. No llames a nadie ni grites ni hagas ninguna escena.

Ahora sí Alma me mira, ya sin tratar de disimular el miedo. Luego se sobrepone y habla por fin:

—¿Qué quieres, Javier?

La miro, miro su boca, sus labios, recuerdo que esa boca y esos labios fueron míos, y echo de menos aquellos tiempos y maldigo el día en que nació el hijo de puta de Echeverría, que me dejó sin esos labios y sin esa boca, y ya ninguna boca de las que luego besé fue como la que había perdido.

—Quiero que hagas exactamente lo que te diga. Quiero que me obedezcas.

He hablado con la autoridad que me da tener una pistola cargada con dieciséis proyectiles de nueve milímetros en el cinto, mi mano acariciándola, lista para sacarla y disparar si fuera necesario, ya no me importa que me vean, que me atrapen, que me encarcelen, que mi cara salga en las páginas policiales, soy un hombre muerto y solo quiero terminar de morir sabiendo que no siguen vivos los que deben morir antes que yo.

—Eso depende —dice Alma Rossi, como si pudiera negociar su vida conmigo, cuando ya es tarde.

—¿Depende de qué? —le pregunto, simulando una sonrisa.

—De lo que me pidas —dice ella, y no sé si estoy delirando pero me parece que hay una intención erótica en sus palabras, o en su voz ronca o en su mirada.

—Quiero que me acompañes a la recepción, que pidas un cuarto, que dejes tu tarjeta y que subamos juntos —le digo.

Alma Rossi me mira y duda, no sabe si quiero hacerle daño o si quiero besarla y quitarle la ropa y pedirle que meta mi sexo en su boca. Probablemente prefiere creer lo segundo, pero no estoy seguro, porque pregunta:

—¿A qué?

—A pasar un buen rato juntos —le digo, y no sé si estoy mintiendo, no sé ya si quiero matarla o si quiero que me la mame con su singular maestría—. A lo que tú ya sabes.

Alma Rossi calla y ya no parece estar asustada, me mira con cierta condescendencia, como si le diera lástima, como si de pronto hubiese llegado a la conclusión de que he ido allí, al salón de los vitrales, no porque la odie y quiera matarla y antes quiera usarla para atraer a Echeverría al lugar del crimen, sino porque soy un pobre diablo que no puede vivir sin ella y está desesperado por sentir su boca.

—Permíteme hacer una llamada —dice, y saca el celular de su cartera.

—No llames a nadie, perra de mierda —le digo, y me sorprendo de haberle hablado así—. Tengo una pistola debajo de la mesa, apuntándote. Tiene silenciador. Si llamas a alguien, te mataré aquí mismo. Deja el celular y haz exactamente lo que te diga.

Alma Rossi ya sabe que no he venido a suplicarle una mamada, sabe que llevo una pistola, sabe que nada bueno está por venir.

—Está bien —dice, sumisa, dejando el celular—. Haré lo que me pidas, Javier. Pero, por favor, no me apuntes, me pones muy nerviosa.

—No lo haré si te portas bien —le digo.

—Me portaré bien —dice ella, con voz de puta de lujo, como si de pronto estuviese disfrutando de ser mi esclava.

—¿Harás lo que yo te diga?

—Sí.

—¿Todo?

—Todo. Lo que tú quieras.

—¿Eres mía? Dime que eres mía, que hoy serás mía.

—Soy tuya —balbucea Alma Rossi, como cuando éramos amantes y yo se lo pedía—. Soy tuya, Javier.

De pronto siento una erección inoportuna recordándome el poder que esa mujer ejerce sobre mí, o sobre mi verga. No sé si podré matarla. Es demasiado bella para lastimarla, aunque ella no haya tenido piedad en lastimarme. Tal vez una mujer tan hermosa como ella tiene derecho de ser todo lo pérfida y malvada que le apetezca. Su belleza le da ese derecho.

—Agarra tu cartera, párate conmigo y caminemos juntos hasta la recepción —digo—. Solo hablarás tú. Pedirás un cuarto por una noche (no fumadores, por favor), dejarás tu tarjeta de crédito, firmarás, no escribirás mi nombre, y si te lo piden dirás que la habitación es solo para ti, y luego iremos al cuarto.

—Muy bien, Javier —dice ella—. Pero antes tengo que pagar la cuenta, ¿no te parece?

—Sí, claro —digo, y me siento un idiota.

Alma Rossi llama al mozo con una seña displicente.

—Ni se te ocurra gritar o decir nada, que te mato —le advierto.

—No me gusta que me digan las cosas dos veces —dice ella, y luego al mozo—: la cuenta, por favor.

El veterano caballero uniformado de verde y negro se la alcanza en una bandeja de plata.

—Yo pago —digo, y dejo un par de billetes.

Alma me mira y no sé si hay ternura en su mirada pero es lo que quisiera creer.

—Nunca me dejarás pagar una cuenta —dice con una sonrisa triste.

Luego se levanta, coge su cartera y camina, conmigo al lado, hacia la recepción. Al llegar, nos sentamos en dos sillas mullidas y una señorita también uniformada de verde nos sonríe y ofrece dos copas de champán. Alma bebe un sorbo, yo no.

—¿En qué los puedo servir? —pregunta la señorita, sin dejar de sonreír.

—Necesito una habitación por una noche, por favor —dice Alma Rossi, con el aire distinguido de una condesa en el exilio.

—Con mucho gusto —dice la señorita uniformada—. ¿La prefiere con una cama matrimonial o con dos camas? —pregunta, como era de suponer.

Alma me mira de soslayo como si yo fuera una tarántula y responde:

—Dos camas, por favor.

Luego extiende su brazo y entrega una tarjeta de crédito dorada.

—Todos los cargos a mi tarjeta —ordena.

—Sí, por supuesto —dice la señorita.

Pasa la tarjeta por un pequeño artefacto que imprime varias copias y luego le pide que firme. Alma Rossi no firma, hace un garabato, mueve el lapicero con un mohín de asco o de disgusto o de repugnancia. La señorita me mira sorprendida de que el caballero no pague ni haga el menor gesto por pagar. Temo que me pregunte mi nombre o que me pida que firme, pero por suerte no lo hace.

—¿Traen equipaje? —pregunta.

—No —dice Alma Rossi—. Solo necesitamos dormir la siesta. Estamos exhaustos.

Siempre la amé cuando ella decía esa palabra, *exhaustos, estoy exhausta, debes de estar exhausto*. Siempre la amé (y creo que sigo amándola) por ser tan cuidadosa y delicada con las palabras.

Alma bebe toda la copa de champán, guarda su tarjeta de crédito y nos levantamos.

—Muchas gracias —le dice, cuando la señorita le entrega las llaves, dos tarjetas de plástico—. Supongo que nos iremos en unas horas.

—¿Podemos mandarles algo a la habitación? —ofrece, solícita, la recepcionista, que, no siendo guapa, es agraciada y simpática.

—Sí, por favor —me sorprende Alma—. Una botella de champán.

—Por supuesto —dice la recepcionista—. ¿Qué champán desea? —pregunta.

—El mejor —responde Alma Rossi, secamente, y se da vuelta.

—Su habitación es la 371 —dice la señorita—. Está subiendo las escaleras, al lado del bar inglés.

—Gracias —dice Alma, y yo no hablo ni la miro y procuro pasar inadvertido para que ella no sea capaz de describirme fielmente cuando la policía le pida un retrato hablado de mí, después de que encuentren los cadáveres en la habitación 371.

Alma camina deprisa y tengo que esforzarme para seguirle el paso. Cruzamos al lado del bar, sentimos una nube de humo de fumadores de habanos y el estruendo de las conversaciones vocingleras animadas por el alcohol, subimos unas cortas escaleras y vemos la habitación 371, la primera puerta en el lado derecho del pasillo.

Demasiado cerca del bar, pienso. *Ojalá no escuchen los tiros.*

Alma introduce una tarjeta, abre la puerta, mete la otra tarjeta en una ranura blanca y enciende la luz. Entro detrás de ella y cierro. Ella camina, corre las cortinas verdes, deja la cartera sobre una de las camas (la más cercana a la ventana), se sienta y me mira sin decir palabra.

Yo, sin explicarme por qué estoy haciendo lo que hago, saco la pistola del cinto, destrabo el seguro, me siento en la cama a su lado y la miro sin decir palabra.

Solo quiero que sepa que esto no es juego, quiero que vea bien la pistola con que la mataré.

—Haz exactamente lo que te diga o te mataré y nadie escuchará los tiros porque la pistola tiene silenciador —le digo.

—Dime qué quieres, Javier —dice ella, mirando hacia el televisor y el minibar.

Tiene un vestido negro, ceñido, que deja al aire sus hombros y que se recorta por encima de sus rodillas, y unos zapatos también negros (ella siempre se viste de negro), de un taco no muy elevado (ella odia los tacos altos porque le dejan los pies adoloridos).

—Saca tu celular, llama a Echeverría y dile que venga a verte aquí.

Alma se sobresalta cuando pronuncio el nombre del hijo de puta que nos enemistó, que compró su lealtad y hasta su afecto.

—¿Para qué? —me pregunta.

—Dile que venga porque lo extrañas y quieres mamársela —le digo.

—No —contesta ella, y me mira con desprecio, con temor y desprecio—. ¿Para qué quieres que venga Jorge?

—Para matarlo, obviamente —digo.

Alma Rossi enmudece porque he dicho lo que ella ya sabía y porque sabe que si no me obedece la mataré. Debe elegir entre la muerte de Echeverría y la suya. Es una elección fácil.

—Si lo llamo y viene y lo matas, ¿me matarás a mí también? —me pregunta.

—No sé —le digo—. Depende.

—¿Depende de qué? —pregunta ella, impaciente.

—De lo que sienta en ese momento —digo, y siento que he mentido: la mataré de todos modos, aunque me dé pena, aunque la siga amando.

—¿Y si no lo llamo?

—Entonces te mataré y luego iré a buscarlo.

Se instala un silencio opresivo, humillante, al menos humillante para mí, que me siento incómodo por violentar de este modo tan chusco la tarde del té en el salón de los vitrales de Alma Rossi.

—¿Por qué quieres matarlo? —pregunta ella con voz helada.

—Tú lo sabes bien —respondo.

Alma se queda callada.

—Porque yo te amaba y él te compró —digo—. Porque es un ladrón y un hijo de puta que ha hecho una fortuna publicando mis libros sin tener los derechos, como bien sabes. Pero sobre todo porque se quedó con nuestra editorial y se quedó contigo. Es una rata y merece morir.

—Sí, es una rata —dice Alma Rossi—. Y sí, me compró. Pero tú también eres una rata, Javier. Y yo soy una rata. No te sientas superior porque escribes o porque tienes una pistola. Tú también eres una rata, querido.

No me ha gustado nada que me diga esas dos palabras juntas: *rata* y *querido*. Me ha parecido una crueldad innecesaria. Me pongo de pie, le apunto y le digo:

—Llámalo ahora mismo y dile que venga porque quieres chupársela y estás loca por comerle la pinga.

Alma me mira asustada.

—Hazlo, mamona hija de puta, o te meteré tres balas en la cabeza y luego me haré una paja y terminaré sobre tu vestido.

—Eres una rata, Garcés —susurra, como si supiera que no me atrevo a apretar el gatillo para destruir tanta belleza.

Luego saca el celular de su cartera, oprime un dígito, el número de Echeverría que tiene archivado en la memoria, y espera.

—Pon el altavoz —digo.

Ella me obedece.

Al tercer timbre, escucho la voz del sujeto al que más he odiado en mi vida:

—Dime, Alma. ¿Dónde estás?

—En el Country —responde ella.

—¿Qué estás haciendo? —pregunta Echeverría—. ¿Vas a venir a la oficina?

—No —responde Alma—. Quiero que vengas tú.

—¿Qué yo vaya al Country? —se sorprende Echeverría.

—Sí, quiero que vengas ahora mismo —dice Alma con aplomo, en perfecto dominio de las circunstancias, como si estuviera acostumbrada a mandar sobre ese hombre, sobre todos los hombres.

—¿Por qué tanta urgencia, amor? —pregunta Echeverría, bajando la voz.

—Quiero chupártela —dice Alma Rossi, y me mira con ojos de puta.

—¿En serio? —se sorprende Echeverría.

—Sí. Ahora mismo. Estoy en la habitación 371.

Ven solo y no pases por la recepción. La 371 está subiendo las escaleras de la derecha, hacia el lado del bar inglés.

—¿Estás arrecha, pendeja? —pregunta Echeverría.

—Mucho —responde profesionalmente Alma Rossi—. He tomado una botella de champán y necesito chupártela, amor.

—Voy para allá —dice Echeverría.

—Ven solo. Que nadie te vea. No pases por recepción —le repite Alma.

—¿Qué número es el cuarto? —pregunta el mafioso hijo de puta, que por lo visto tiene mala memoria.

—371 —dice Alma—. Hacia el lado del bar inglés.

—Voy para allá —dice Echeverría—. Pide más champán. Eres una puta, Alma. Me la has puesto dura. Estoy lleno de leche.

—Ven rápido, Jorge. Necesito mamártela.

—Voy para allá, amor. Espérame.

—Te espero. Pero no te demores. Y ven solo, que después tus guardaespaldas le cuentan todo a tu esposa.

Echeverría se ríe como una hiena y dice:

—Nos vemos en diez minutos, quince máximo.

Luego corta.

Alma Rossi deja el celular y me mira y advierte que hay un bulto prominente entre mis piernas. No he podido evitarlo escuchando la conversación.

—Ven, acércate —me dice.

Ahora ella es la que manda, a pesar de que tengo una pistola en la mano y la determinación de matarla.

Doy unos pasos y quedo de pie frente a ella, sentada en la cama. Me mira a los ojos y mira el bulto y hace lo que mejor supo hacer cuando éramos amigos: me desabrocha la correa, me desabotona el pantalón, me baja delicadamente el pantalón y el calzoncillo, sonríe cuando se reencuentra con mi verga erguida y ansiosa de la calidez de sus labios y empieza a chupármela mejor de lo que nunca nadie me la chupó. Luego se retira y me ordena:

—Deja la pistola.

—No —le digo—. Sigue.

—¿Me vas a matar? —pregunta.

—No sé —digo—. Pero si sigues chupándomela así de bien, no creo que pueda.

Alma Rossi sonríe con malicia, segura de que su vida está a salvo, y mete mi verga en su boca nuevamente y se concentra en concederme ese placer impensado mientras yo procuro que no se me caiga la pistola.

No voy a poder matarla, pienso.

—No te apures —le digo.

Ella se retira, me mira como solía hacerlo cuando nos amábamos y me dice:

—Quiero que termines en mi boca.

Luego sigue chupándomela con maestría mientras yo pienso *no debo terminar en su boca, si la mato encontrarán mi semen en su boca, no debo terminar en su boca.*

TRECE

Traté de retirarme de su boca cuando estaba a punto de terminar pero ella no me dejó. Un hombre en esas circunstancias es un hombre vulnerable, y ella lo sabía bien. Empujé su cabeza, procurando zafarme de ella, pero Alma Rossi se resistió, se negó a soltar mi verga y se quedó con toda mi leche en la boca.

En ese momento sentí que todavía la amaba y que tal vez no sería capaz de matarla.

Me conmovió la dedicación con la que se sometió a darme placer, me enterneció la humildad y la sapiencia de las que hizo gala para complacerme, me estremeció que fuera capaz de mamármela y de tragársela toda (un acto de amor, o un acto que pretendía emular antiguos actos de amor) sabiendo como sabía que esa sería con toda probabilidad la última felación que me haría, la última chupada que le haría a nadie, y quizás por eso se dedicó a ella con tanto esmero y pareció gozar más que yo, porque sabía que su muerte era inminente, como la mía (pero eso ella no lo sabía, solo sabía que yo en su boca moría un poco y ella se adueñaba de mí).

Cuando fue al baño para limpiarse y enjuagarse, miré el reloj y recordé que Jorge Echeverría podía aparecer en cualquier momento. Me subí los pantalones, cogí la pistola y me preparé para matarlo sin preámbulos, diálogos inútiles o vacilaciones. Echeverría era el más peligroso de todos, no debía olvidarlo. Quizás vendría con uno de sus guardaespaldas que lo esperaría en el pasillo, por eso era preferible que Alma le abriese la puerta, para que entrase solo, confiado en que se trataba de una ardiente cita de amor. Quizás vendría armado, no podía estar seguro de que no traería consigo un arma de fuego. No es frecuente, supongo, que los editores anden armados, pero Echeverría era un editor atípico, un editor facineroso, un editor devenido hampón o un hampón entretenido como editor. En cualquier caso debía liquidarlo rápidamente porque estaba ante un adversario de astucia colosal, un adversario que en el juego pendenciero de la vida me había ganado sin dificultades.

—Cuando toque la puerta, abres, le das un beso y lo haces pasar —le dije a Alma Rossi, cuando volvió del baño—. Si no haces exactamente lo que te digo, te mataré y lo mataré a él. Te estaré apuntando cuando abras —añadí, tratando de olvidar que tal vez ya no odiaba a esa mujer, que tal vez la seguía amando, la había amado en secreto o negándolo todo el tiempo en que el ladrón de Echeverría me la había arrebatado.

—¿Y cuando haga lo que me dices, qué harás? —preguntó ella, con aire despreocupado, como si ya no le importase morir, como si la tuviese sin cuidado que Echeverría muriera: Alma Rossi, lo comprendí en ese momento, nunca había amado a nadie, ni a mí ni a Echeverría, solo se amaba a ella misma.

—Igual mataré a ese hijo de puta —dije, y quedé en silencio porque no sabía qué hacer después.

—¿Y luego qué? —preguntó ella—. ¿Me matarás?

Me quedé callado y la miré, y aunque traté de mirarla con odio, creo que lo hice con los residuos del afecto o la ternura que ella me inspiraba y que su espléndida mamada habían avivado en mí.

—No lo sé —dije—. No sé si seré capaz de matarte. Pensé que te odiaba pero ahora ya no estoy seguro.

Alma no sonrió, me miró fijamente y con una seriedad que me desconcertó; me miró como escudriñando mis verdaderas intenciones; me miró como hacía tiempo no me miraba, creo que con vaga nostalgia o melancolía por los tiempos en que supimos querernos y reírnos sin sospechar nada del otro.

—Es mejor que me mates —dijo Alma Rossi.

Me sorprendió, sobre todo porque me pareció sentir que no lo decía para dar lástima; me pareció que de verdad quería morir.

—¿Por qué dices eso? —pregunté—. ¿Estás enamorada de Echeverría?

Alma hizo una mueca que encerraba burla, tristeza y disgusto.

—No lo sé —dijo—. No me hagas preguntas difíciles.

—¿Entonces? —insistí.

—Es simple: si lo matas y me dejas viva y te vas, tendré que ir a la policía y decir que tú eres el asesino y terminarás en la cárcel, y no sé si podría soportar seguir viviendo con Jorge muerto por mi culpa y contigo en la cárcel por mi culpa también.

Me sorprendió su razonamiento: por un lado, se sentía culpable de haberse prestado a tenderle esa emboscada a Echeverría (cuando lo había hecho con una pistola apuntándola) y, por otro lado, parecía que nos quería a Echeverría y a mí de un modo mediocre pero parejo, y que no podía imaginarse una vida sin uno o el otro. No me pareció que nos amara, sino que así como había dependido tanto de mí, ahora dependía de Echeverría;

ella necesitaba depender de alguien (no económicamente, ya era muy rica), ella necesitaba depender de un hombre fuerte que la protegiese y solo había encontrado dos hombres que habían sabido cuidarla y mimarla sin reservas: el tipo que me disponía a matar y yo.

—No me importa que me acuses a la policía —dije—. Creo que prefiero eso a matarte.

Me miró con ternura, me miró como me miraba antes, me miró como me miraba Alma Rossi cuando yo hacía lo que Alma Rossi me pidiese, cuando nada era más importante para mí que contentar y halagar a Alma Rossi. Por lo visto, aquella Alma Rossi no había muerto, seguía viva, y en esa mirada creí reencontrarla después de tanto tiempo.

—¿No te da miedo ir preso, que te den cadena perpetua y pasar el resto de tu vida en una cárcel espantosa?

La miré con cierta vergüenza por esta situación humillante por la que la estaba haciendo pasar.

—No —le dije—. Ya soy un hombre muerto.

—¿Por qué dices eso?

En ese momento tocaron la puerta. Di dos pasos y me acomodé de modo que al entrar Echeverría no me viera. Le hice señas a Alma para que abriese y la miré con mi peor cara para que no dudase de que si le abría y salía corriendo con él, los mataría en el pasillo, sin importarme que me grabasen las cámaras de seguridad, ya nada me importaba, ya estaba grabado cuando pedimos la habitación o cuando subimos por las escaleras o cuando recorrimos el pasillo, ya estaba probablemente grabado en la memoria de la recepcionista que nos dio las tarjetas de la 371.

Alma caminó sin zapatos, con una determinación que me sorprendió: no parecía tener miedo, parecía muy segura de lo que estaba haciendo.

Me va a traicionar de nuevo, pensé. *Le va a decir que estoy yo y él va a entrar con su guardaespaldas para matarme.*

En ese momento, Alma Rossi tenía que decidir, estando su vida en juego, a cuál de los dos hombres a los que había amado iba a traicionar. Tenía que decidir si me traicionaría dos veces escudándose en Echeverría y anunciándole mi presencia, o si traicionaría al hijo de puta que merecía morir y no la lealtad de la mujer que acababa de hacerme temblar de amor en su boca.

La miré y me miró. Creo que ella no sabía en ese instante crucial qué iba a hacer, a quién iba a traicionar, y a mí me importaba menos perder la vida que creer que Alma Rossi era capaz de traicionarme una vez más.

Pensé: *Si salen corriendo, no los perseguiré, me pegaré un tiro; no podré vivir con el dolor de la doble traición de Alma, con la certeza de que nunca me amó como ama a Echeverría.*

Pensé: *Los dados están por ser echados, muere él o muero yo, y quien tiene los dados es, como siempre, una mujer, la mujer que se acerca a la puerta descalza, distinguida en su vestido negro ceñido, y abre la puerta.*

Luego escucho la voz de Echeverría:

—Mi amor...

Luego hay un silencio: probablemente la besa o ella le dice al oído que no entre, que estoy yo esperándolo con una pistola.

Luego hay dos segundos en los que pienso en saltar y disparar las balas y matarlos a los dos, pero me contengo, siento cómo el corazón se me acelera y me golpea el pecho, como si fuera a reventar, y pienso que debo esperar a que caigan los dados que Alma ha tirado y luego actuar.

—Pasa, amor —escucho la voz de Alma, y entonces me preparo para disparar.

Luego oigo unos pasos y la puerta que se cierra: ¿ha salido Alma, dejando solo conmigo a Echeverría?

De pronto está allí, mirando la cama, sin advertir que desde la puerta del baño apunto hacia su cabeza. Se desabotona la camisa y pregunta:

—¿Y el champán?

—Aquí está —le digo.

Jorge Echeverría da un respingo de pavor cuando descubre que no hay un camarero con una botella de champán esperándolo, sino que el escritor al que ha esquilmado sistemáticamente durante años su dinero, el escritor al que debe la mayor parte de su fortuna, está allí, apuntándole con una pistola.

—Baja esa pistola, huevón —me dice, secamente, al parecer sin miedo, como si fuera mi jefe.

—Bájate el pantalón, hijo de la gran puta —le contesto, y no veo a Alma Rossi, no sé si está escondida en el pasillo, o si permanece dentro de la habitación, o si ya salió corriendo para pedir ayuda o simplemente para salvar su vida y dejar que nos matemos entre nosotros.

—No hables huevadas, pedazo de mierda —me dice Echeverría—. No vas a disparar. No eres capaz de matarme. Baja esa pistola, Garcés, o me vas a obligar a romperte la cara.

—¿Crees que no soy capaz de matarte? —le digo, y veo cómo me tiembla el pulso, cómo soy incapaz de sostener firmemente el brazo derecho que se extiende con la pistola.

—No te conviene matarme —dice Echeverría—. Si me matas, irás a la cárcel de por vida. No creo que sea un buen negocio.

—Te equivocas —le digo—. Será el mejor negocio de mi vida.

—El mejor negocio de mi vida eres tú, maricón

de mierda —dice Echeverría y viene corriendo decidido a pegarme.

Disparo. Le doy en el pecho descamisado y velludo. Su cuerpo da un salto hacia atrás y un chorro de sangre salpica sobre la alfombra. El ruido ha sido apenas perceptible para el oído humano: el silenciador es de una eficacia admirable y Echeverría no ha gritado al recibir el impacto de nueve milímetros. Me acerco a él, lo veo todavía vivo, llevándose una mano al pecho, tratando de evitar que siga saliendo la sangre por el orificio.

—No me mates, por favor —me suplica, con un hilillo de voz que se quiebra—. ¡Ayúdame! Te daré toda la plata que quieras.

—Tu muerte no tiene precio —le digo.

Luego disparo tres veces, las tres en el pecho, al lado del corazón. Echeverría salta con cada impacto y queda con los ojos abiertos, mirándome con estupor, mientras una pierna le tiembla dos o tres veces antes de morir del todo.

—Esto es por todo lo que me robaste, miserable hijo de puta —le digo—. Esto es por lo que le hiciste a Alma.

Luego busco su billetera, la saco del bolsillo de su pantalón, tomo todo el efectivo que lleva consigo, lo guardo y me pregunto dónde estará Alma Rossi. Enciendo el aire acondicionado en su máxima potencia. Me doy vuelta y camino y miro hacia la puerta. Alma Rossi está sentada, apoyada en la puerta, las rodillas pegadas al pecho, temblando.

Es el momento de matarla y de cumplir cabalmente mi misión: cinco hijos de puta debían morir, cuatro han muerto ya, falta esta hija de puta y luego me tocará morir a mí.

—Mátame de una vez, por favor —dice Alma.

—¿Por qué no escapaste? —le pregunto.

—No sé —contesta—. No lo pensé. Actué por instinto.

—Ese instinto te costará la vida —le anuncio.

Cuando un hombre mata, y sigue matando, y ve saltar a borbotones la sangre de aquellos a los que mata, se hace adicto al placer de matar a quienes ha elegido, descubre el goce de aprehender la última súplica, la última mueca de sus víctimas. Cuando un hombre mata y no siente asco ni culpa ni remordimiento, tiene que seguir matando para no matarse él mismo.

Por eso le apunto a Alma Rossi, ella cierra los ojos y espera el disparo, y yo recuerdo la miseria en la que me hundí al descubrir que la editorial era solo de ella y que se la había vendido al mafioso que se había pasado la vida robándome mis libros.

Quiero odiarla, necesito odiarla para matarla, pero veo sus labios temblando de miedo y no puedo, esos labios me han dado momentos de felicidad que sobrepasaban largamente a los de rabia, despecho y odio que atravesé cuando esos mismos labios se fueron a besar a otro, a mamársela a otro.

—Dispara, por favor —dice Alma Rossi, con los ojos cerrados, temblando.

—No puedo —le digo—. No puedo matarte.

—¿Por qué? —pregunta ella, sorprendida, no por eso menos aterrada, abriendo los ojos.

—Porque creo que todavía te quiero —digo.

Ella se hunde en un silencio, se lleva las manos al rostro, solloza.

—Mátame, Javier, te lo ruego —dice—. Ya no tengo vida.

—No puedo —le digo, y me acerco a ella y me arrodillo, y acaricio su pelo sin soltar la pistola: quizás a último momento cambie de opinión y consiga ser el hombre que pensé que era, el gran hijo de puta que estaba seguro de ser—. No puedo matarte. Eres demasiado linda. ¿Cómo pudiste hacerme eso?

Alma me mira, los ojos llorosos, la elegancia perdida, y dice:

—Era demasiado dinero. No podía perderlo.

Pero lo dice arrepentida, dándose cuenta (o eso quiero creer) de que fue un error, de que traicionarme no valía ese dinero, de que su vida con Echeverría estuvo lastrada por dos malentendidos de los que nunca pudieron recuperarse, por mucho que ella se la chupase con abnegación: él no quería a Alma, quería el dinero de nuestra editorial y quería de paso humillarme, y Alma no quería a Echeverría, quería el dinero de Echeverría. Pero una vez que sellaron ese pacto innoble, ambos quedaron manchados, enlodados, ambos tuvieron que seguir viviendo con la certeza de que eran peores de lo que habían imaginado y con el recuerdo inquietante de que el otro sabía lo mierda que era uno.

—Vámonos de acá —le digo, y trato de ayudarla a que se ponga de pie.

—No seas estúpido —me dice ella, de pronto furiosa—. No tengo adónde ir. ¿No lo entiendes?

—No —digo, y al decirlo recuerdo que esa mujer siempre me demostró que era más inteligente que yo.

—Si salgo de este cuarto y no voy a la policía, creerán que yo maté a Echeverría o que soy cómplice, y vendrán a mi casa a arrestarme —dice ella, hablando muy deprisa, ya sin llorar.

—Entonces anda a la policía y di lo que pasó —le sugiero.

—No puedo, ¿no lo entiendes? —dice ella.

—No, no lo entiendo —le contesto.

—No puedo traicionarte otra vez, Javier Garcés, maldita sea —dice, y esconde la cabeza entre las rodillas, y se alivia los mocos de la nariz con las manos, y una mucosidad cae sobre la alfombra.

—Entonces ven conmigo —le pido.

—¿Adónde? —pregunta ella, desconcertada.

—No lo sé. Se suponía que tenía que matarte, pero no puedo, así que ahora tenemos que ir improvisando, supongo.

—Si me voy contigo, la policía nos buscará.

—No me importa —le digo—. Igual ya soy un hombre muerto.

—¿Por qué dices eso? —me pregunta, y hay afecto o ternura o compasión o genuino interés por mi salud en su voz, en su mirada.

—Porque me dieron seis meses de vida, y ya pasaron dos —le respondo—. Me quedan dos o tres meses de vida. Tengo un tumor en el cerebro. No hay nada que hacer.

Alma Rossi me observa con estupor, luego con frialdad, como si estuviera pensando, barajando opciones, luego me mira con la lealtad incondicional de los amigos (o eso quiero creer, turbado por la emoción), luego, en absoluto control de la situación, me dice:

—Vámonos de aquí.

Se pone de pie, busca sus zapatos, coge su cartera, se mira en el espejo, no se detiene siquiera a ver el cuerpo despanzurrado del hombre al que simuló amar todos estos años.

—Vámonos de aquí —repite.

—¿Adónde? —le pregunto.

—No sé —dice ella—. Pero vámonos ya.

—¿Juntos? —pregunto, aterrado por su posible respuesta.

—Sí —dice ella—. Me quedaré contigo hasta que mueras.

—Pero la policía te va a buscar o nos va a buscar —le advierto.

—Me chupa un huevo —dice ella: siempre le gustó repetir esa expresión que aprendió de una amiga argentina.

Luego abre la puerta, echa una mirada, confirma que Echeverría vino solo, sin guardaespaldas, y me anima:

—Vámonos, Javier.

—¿A mi casa? —le sugiero.

—No sé —responde ella—. Vamos improvisando.

Avanzamos por el pasillo, bajamos las escaleras y, cuando estamos por salir por la puerta giratoria del Country, yo con la pistola escondida en el cinto, debajo de mi chaqueta, la tomo de la mano y su mano no me rechaza, no se zafa, se queda conmigo.

Es raro sentir que la persona a la que habías ido a matar es ahora la que quiere cuidarte hasta que mueras. Es raro, es alentador y es más gratificante que el placer que he sentido matando a Luna, a Pérez, a Serpa, a Echeverría. Quizás tenía que matarlos no para vengarme de las humillaciones que me infligieron, quizás (y esto lo descubro caminado por el sendero que divide los jardines en las afueras del Country) tenía que matarlos para descubrir que todavía sigo queriendo a Alma Rossi y que ella nunca dejó de quererme, y que por eso no pude matarla y ahora su mano se aferra a la mía, sin saber adónde carajo vamos.

CATORCE

—Vamos a mi casa —le digo, apenas subimos al auto.

—¿Sigues viviendo en la misma casa? —pregunta ella.

—Sí —respondo—. Y no pienso mudarme, como comprenderás. Me quedan pocos meses de vida.

Manejo sin prisa, miro por el espejo retrovisor para verificar que nadie nos sigue, me pregunto cuánto tiempo tendrá que pasar (horas, pocas o quizás varias, hasta mañana) para que alguien entre al cuarto 371 del Country y descubra el cadáver apestoso de Jorge Echeverría. Probablemente su esposa se alarmará cuando pase la medianoche y no haya llegado a casa y tampoco conteste el celular, y entonces dará aviso a la policía. Pero la policía de este país no se distingue por su eficacia y bien podría tomarle hasta mañana por la tarde hallar el cadáver, a menos que alguien del Country (un huésped, una mucama, un botones) sintiera los disparos y avisara a la recepción, o que a falta de noticias de la huésped Alma Rossi alguien entrara a la habitación para ver si está todo bien; pero esto no debería ocurrir hoy, teniendo en cuenta que nos hemos registrado a eso de las siete de la noche y he matado a Echeverría a eso de las ocho y (si nadie ha oído los disparos, que es la hipótesis más plausible, dada la asombrosa eficacia del silenciador de la pistola), es de suponer que, al ver el cartel de «No molestar», y al saber que la señora Rossi subió a la habitación acompañada por un hombre, nadie querrá molestar y nadie intentará entrar en la habitación, aun en el caso (harto probable) de que la esposa de Echeverría o su secretaria reporten su desaparición, lo que, de ocurrir esta noche, solo sería razonable ya de madrugada, y la policía se echaría a buscarlo. Pero es seguro que al salir de la editorial Echeverría no dijo adónde iba y, por tanto, la policía no irá a buscarlo directamente al Country y, por consiguiente, es prudente asumir, conociendo a la policía de este país, y recordando lo silencioso que resultó matar a ese ladrón, que con un poco de suerte recién lo encontrarán muerto mañana por la tarde o incluso por la noche, cuando los empleados del Country se extrañen ante la falta de noticias de la 371 o cuando sientan la creciente pestilencia del cuerpo en descomposición del miserable: *si tuviera que apostar*, pienso, *creo que serán los empleados del hotel y no los policías quienes encontrarán el cadáver del desaparecido editor.*

—¿Te sientes mal? —me pregunta Alma Rossi, y hay en su voz cariño, preocupación, y siento que la promesa que me hizo de acompañarme hasta que muera no fue un embuste o un exabrupto o algo de lo que ahora se arrepienta.

—No, para nada —le digo—. En realidad, me siento mejor que nunca.

Los autos avanzan lentamente por la avenida Portillo y luego por Pezet, circundando el club de golf.

—¿Qué es lo qué tienes? —pregunta Alma—. ¿De qué te vas a morir?

—Un tumor en el cerebro —le contesto—. Fui a hacerme el chequeo anual de rutina y el médico me dijo que tengo un tumor que ya no se podía operar y que me quedaban seis meses de vida, de los que ya pasaron dos.

—¿Te duele la cabeza? —pregunta ella, sus dedos jugando nerviosamente con su cartera, su cuerpo hundido en el asiento, como si quisiera echarse o esconder su rostro.

—Normal —le digo—. Como siempre.

Alma Rossi acaricia leve y fugazmente mi pierna derecha con su mano izquierda, pero es apenas un roce, una caricia interrumpida que tal vez anuncia otras más tarde.

—Me quedaré contigo hasta que mueras —dice de nuevo—. No volveré a dejarte.

Lo dice mirándome a los ojos, como si estuviera a punto de romper a llorar. No parece haberle afectado tanto la muerte de Echeverría como la noticia de mi muerte inminente. Todo resulta sorprendente y en cierto modo desconcertante para mí. Nada de esto estaba en mis planes.

—Gracias, le digo, y me inclino hacia ella y beso su mejilla.

—No puedo ir a mi casa —dice ella, pensativa—. Cuando descubran el cadáver, irán a buscarme, pensarán que yo lo maté.

—No necesariamente —le digo—. Quizás la recepcionista me recuerde o alguna cámara de seguridad haya grabado que estabas acompañada. Pero sí, tienes razón, tú sin duda serás la principal sospechosa, porque la habitación está a tu nombre y has desaparecido.

—Ese vejestorio de hotel no tiene cámaras de seguridad —dice ella—. Miré a todas partes y no vi ninguna.

—¿Quién sabe? —le digo—. Lo único seguro es que te buscarán o nos buscarán.

—Entonces no vayamos a tu casa.

—Por unas horas creo que estaremos a salvo allí. Quiero darme una ducha y no creo que encuentren el cadáver tan rápido.

Me mira como si fuera un bicho raro y dice:

—Yo también quiero darme una ducha.

—Estupendo. Si quieres nos duchamos juntos.

Alma Rossi sonríe por cortesía, esforzadamente.

—No creo que sea una buena idea —dice.

Me arrepiento:

—Es cierto, nunca te gustó ducharte conmigo.

—Contigo ni con nadie —me aclara ella, y no sé si está echada en el asiento, escondiendo su cabeza de la vista de los conductores y de los peatones, por cansancio o por temor a que la vean.

Poco después llegamos a mi casa, en la calle Vanderghen, casi esquina con la calle Maúrtua. Abro la puerta con el control remoto, estaciono, cierro, apago el auto, bajamos y ella me sigue hasta el segundo piso y entra detrás de mí al dormitorio.

—Todo está igual —me dice, mirando la austera decoración.

No digo nada, voy al baño y me lavo las manos y me miro en el espejo y veo el rostro de un hombre satisfecho y acaso orgulloso de ser quien es, de haber matado a esos cuatro hijos de puta y de haberse quedado con la chica (otra hija de puta, pero una hija de puta a la que no puedo dejar de querer, a la que quiero abrazar en mi cama esta noche).

—Me voy a duchar —le digo, desde el baño.

—No, no —me corrige ella.

—¿Qué dices? —grito, mientras sigo lavándome las manos y la cara.

—Primero me voy a duchar yo —contesta ella, asomándose al baño.

Me mira con altivez, sin ignorar que su belleza me empequeñece, me subyuga, me somete a la dictadura de sus caprichos: con Alma Rossi siempre fue así y siempre será así, y en las cosas de la cama todo se hace cuando ella quiere y como ella quiere (y es para mí un misterio insondable que nunca me haya dejado penetrarla, y no creo que me deje en estas pocas semanas que me queden de vida).

—Dúchese usted —le digo.

Entra al baño y se queda mirándome.

—¿Puedo quedarme en el baño y conversarte mientras te duchas? —le pregunto.

—No —me dice, y no me dice no, gracias, me dice no secamente—. Ya sabes que no me gusta que me miren en el baño.

—Claro, claro —digo, y me retiro.

—¿Me cierras la puerta, por favor?

—Claro, claro, encantado —y hago lo que me ha pedido.

Luego me echo en la cama y pienso. Es probable que en unas horas, cuando me vea durmiendo, Alma Rossi se arrepienta, huya de mi casa y vaya a la policía de San Isidro para delatarme. Es probable también que simplemente huya y trate de esconderse en casa de una amiga (aunque no se le conocen muchas amigas) o de tomar un vuelo al extranjero. Sin embargo, creo que se quedará conmigo, no tanto por cariño hacia mí sino porque tiene pánico de estar sola en estas circunstancias tan contrariadas y necesita que un hombre la cuide, la proteja: es su instinto. Es probable, asimismo, que yo le dé lástima y en efecto esté dispuesta a todo con tal de acompañarme hasta mi muerte (un acto de amor o de compasión con el que piensa redimirse de la traición pasada). Lo que tengo menos claro es si Alma Rossi será la principal (y tal vez única) sospechosa del crimen, o si dejé alguna evidencia (en la memoria de alguien del hotel o en la de alguien que me vio entrando o saliendo con Alma, o en la cinta de alguna cámara de seguridad, o en las huellas digitales en la habitación o en la billetera de Echeverría), una evidencia lo bastante abrumadora como para que me busquen a mí también como cómplice del crimen. Es seguro que, en unas horas, calculo que mañana por la tarde, se sabrá la noticia de que alguien mató al editor Jorge Echeverría en el Country y se dirá que Alma Rossi, su asistenta, es la principal sospechosa (la habitación estaba a su nombre, el celular de Echeverría recibió una llamada suya poco antes de morir, la hipótesis de un crimen pasional cobrará fuerza teniendo en cuenta que quien denuncie la desaparición de Echeverría podría ser su esposa y que Alma Rossi ha desaparecido y nadie sabe su paradero). Y esto es lo más seguro: que los torpes sabuesos de la policía local, acostumbrados a simplificar las cosas para trabajar menos, se echen a buscar sin mucha premura (salvo que la viuda de Echeverría los estimule monetariamente) a la sospechosa Rossi. Aquí es donde surgen las dudas que más me atormentan: ¿Me buscarán a mí también? ¿Me habrá reconocido alguien al verme con Alma? ¿Tendrá cámaras de seguridad el hotel? ¿Las imágenes serán tan nítidas como para saber con certeza que el acompañante de Alma Rossi era yo? No lo sé y no sé qué hacer al respecto. Lo más probable es que, tarde o temprano, la policía, por torpe que sea, encuentre alguna pista que conduzca a mí y comprenda que Alma Rossi no mató sola a Jorge Echeverría, que tuvo un cómplice y que ese cómplice soy yo. Sin embargo, es improbable que llegue a esa conclusión rápido, mañana por la tarde o incluso mañana por la noche. Lo inmediato será buscar a Alma Rossi (que ahora canta exultante una ópera en la ducha, como si estuviera feliz, como si hubiera sido liberada de algo malo). Y tal vez la urgencia atropellada por hallar a Alma Rossi (una urgencia que la viuda desconsolada y celosa azuzará sin pensar para nada en mí) impedirá a la policía atar cabos cuidadosamente y descubrir que yo maté al mafioso hijo de puta de Echeverría, que además era un tacaño conocido y por eso no llevaba más de cien dólares en la billetera. Ahora bien, si la policía descubre (por mérito propio o por la información que alguien le brinde o por puro accidente) que yo maté a Echeverría, es seguro que vendrá a mi casa mañana por la noche, o al día siguiente, o al subsiguiente, es decir, en algún momento en los próximos tres días. De ocurrir tal cosa, me pregunto qué debo hacer. Siendo como soy un hombre con los días contados, la verdad es que me da pereza huir con Alma, tratar de tomar un avión rumbo al extranjero, abandonar esta casa en la que he vivido tantos años, esta casa en la que escribí mis tres novelas famosas, esta casa en la que sin duda quiero morir. Entonces, tengo claro que no escaparé, que me quedaré aquí, con Alma o sin ella, esperando a que venga la policía o a que no venga nunca, porque así de inepta es la policía de este país. Con esto, el panorama se va despejando: si Alma se queda en esta casa conmigo, escondiéndose, cuidándome, o solo escondiéndose, será una decisión que ella y solo ella puede tomar, y no debo, por lo tanto, preocuparme, puesto que lo que haga Alma (escapar, delatarme, acompañarme por cariño o porque no tiene adónde ir y sabe que aquí está más segura si la policía no llegase a sospechar de mí) dependerá de lo que ella libremente elija, y nada haré para impedir que se cumpla su voluntad, aun si quiere delatarme. En lo que a mí respecta, está claro que solo hay dos opciones: viene la policía (alertada por Alma o porque ha hecho bien su trabajo) o no viene la policía (porque, como de costumbre, ha hecho mal su trabajo y solo está buscando a Alma pues todos saben que Alma y yo somos enemigos hace mucho tiempo y a nadie se le ocurriría buscarla en mi casa). Si llegara a venir la policía, me pegaré un tiro en la sien antes de que me arresten: no estoy dispuesto a pasar una sola noche en la cárcel ni a verme en los periódicos como el escritor que se volvió sicópata y asesino y mató al editor que le robaba. No: eso sería demasiado vulgar y debo evitarlo matándome a tiempo. Si no llegara a venir la policía (hipótesis menos probable, pero que no debo descartar, conociendo como conozco a la policía de este país), lo mejor será esconder a Alma Rossi en mi casa todo el tiempo que ella quiera quedarse conmigo y seguir con mi rutina de siempre, sin despertar sospechas en los vecinos, en el vendedor del quiosco de periódicos, en las chicas que me atienden en las dos cafeterías adonde suelo ir a comer, en los caminantes a los que saludo cuando salgo a caminar dos kilómetros a las ocho en punto de la noche. Hoy no he salido a caminar, tenía que matar a Echeverría a esa hora y ya es tarde y estoy cansado y no quiero dejar sola a Alma, pero mañana a las ocho en punto saldré a caminar, y antes haré lo de siempre: comprar los diarios y desayunar en el café de la calle Tudela y Varela, encerrarme en la casa supuestamente a escribir (pero en realidad a perder el tiempo leyendo correos electrónicos de lectores o de enemigos), salir a media tarde a comer algo en alguno de los cafés de la calle Dasso, volver a casa y prepararme para, a las ocho en punto, salir a caminar veinte cuadras contadas, una hora exacta. ¿Estará Alma Rossi cuando regrese a las nueve de la noche de mañana? ¿Habrá escapado antes? ¿Habrá venido la policía a interrumpir bruscamente mi discreta rutina? No lo sé y en este momento no me importa porque Alma Rossi ha salido del baño, una toalla cubriéndola, ha caminado sin mirarme, como si yo no existiera, se ha metido en la cama por el lado que ella sabe bien que yo no ocupo para dormir, se ha quitado la toalla una vez cubierta por las sábanas y el edredón, y me ha dicho:

—Dúchate, Javier. Apestas.

—Sí, claro —le digo, ya acostumbrado a sus espléndidas rudezas.

—Y apágame la luz, que estoy muerta.

—Sí, claro.

Alma Rossi acomoda la almohada, me da la espalda y yo alcanzo a contemplar tres segundos esa espalda que quisiera besar pero que solo besaré cuando ella así lo quiera y me lo ordene (así son las cosas con ella, y tal vez por eso la amo), y luego apago la luz y entro al baño y me desnudo. Ya en la ducha me pregunto si Alma Rossi seguirá en mi cama cuando salga del baño o si para entonces habrá escapado. Por supuesto, prefiero que se quede conmigo. Pero no quisiera que lo haga por lástima. Si quiere irse, que se vaya. Si quiere delatarme, que lo haga. Que haga lo que le dé la gana, como siempre hizo con su vida y con la mía. Yo soy ya un hombre muerto y a estas alturas todo me da más o menos igual (aunque sería fantástico terminar esta noche, la noche en que maté al crápula de su amante ladrón, con una mamada más de Alma Rossi, pero mejor no me hago ilusiones, ya bastante suerte he tenido hoy, pues han ocurrido tres hechos notables: Alma me la ha chupado y ha querido mi leche en su boca mientras esperaba que su amante venga a morir; Echeverría ha caído como una foca cansada, sin gritar ni cagarse y sabiendo que yo lo maté; y no he podido matar a Alma Rossi y por eso ella ahora está en mi cama, o quizás ya no, con Alma nunca se sabe).

QUINCE

Alma Rossi está en mi cama pero es como si no estuviera. De espaldas a mí, permanece muda e inmóvil. Atento a su respiración, trato de adivinar si duerme o si finge dormir o si, como yo, no concilia el sueño y no trata ya de dormir porque sabe que esta noche no dormirá. Procuro no moverme para no incomodarla. Estoy tendido boca arriba, mi cabeza sobre una almohada ortopédica que rodea mi cuello. Después de ducharme, no me he puesto piyama, me he vestido como si fuera a salir, me he puesto los zapatos, quiero estar preparado si viene la policía. A mi lado, debajo de la cama, tengo la pistola cargada y sin seguro. Si la policía irrumpe en la quietud de la noche (lo que me sigue pareciendo improbable), confesaré que yo maté a Echeverría y luego me pegaré un tiro. Pero no creo que llegue la policía, como tampoco creo que Alma Rossi esté durmiendo cuando, sin moverme, trato de espiarla y solo veo su hombro desnudo, su cuello todavía tenso, el pelo negro y lacio (sin tinte, ella nunca se pintaría el pelo) que cae sobre la almohada.

Es muy difícil estar tendido en la misma cama que Alma Rossi sin querer besarla, tocarla, montarla, pero yo he sido educado por ella (y por eso no me muevo) y he aprendido que las escaramuzas sexuales solo ocurren cuando ella lo desea y del modo exacto en que ella lo desea. No voy entonces a importunarla con caricias o susurros o aproximaciones libidinosas porque quiero que Alma se sienta cómoda en mi cama, en mi casa, que se quede conmigo, que comprenda que no puede salir porque la policía estará buscándola, que sea mi enfermera y mi rehén y mi amante en estos últimos meses que, si acaso, me quedan por vivir.

Si no duermo al menos unas horas, mañana será un día contrariado, pienso. *La policía no vendrá esta noche, vendrá mañana, y por eso me conviene dormir ahora para estar lúcido y aplomado mañana.* Casi sin moverme, abro un pequeño frasco que tengo en el velador y trago dos pastillas de Dormonid y dos de Stilnox y dos de Klonopin. *Lo siento, Alma, pero creo que tendrás que oírme roncar.*

Cuando despierto, miro el reloj: es media mañana. He dormido bastante. Alma respira profundamente, como si estuviera dormida. No puede ser capaz de tamaña simulación: tiene que estar durmiendo. Si en efecto ha conseguido dormirse en mi cama después de ver morir a Echeverría, es que no se arrepiente de haberme elegido, de estar conmigo. Si estuviera arrepentida, atormentada por la culpa, ya se hubiera ido. Pudo irse cuando me duché la noche anterior, pude irse mientras yo dormía sedado por las pastillas. Pero no solo se quedó, se quedó y se durmió. Esto me hace pensar que tal vez las semanas que me queden por vivir, si consigo vivirlas con ella en esta casa, serán las mejores de mi vida. Ya cumplí mi misión, ya maté a quienes tenía que matar para restaurar el honor perdido, y ahora recibo como premio impensado la presencia de la mujer que más he amado y que me ha prometido quedarse conmigo hasta el final.

Solo quisiera que no venga la policía; sería una pena tener que suicidarme frente a ella, sería una pena y una vulgaridad, otra muerte que la obligaría a presenciar con estupor.

Digamos, entonces, que lo poco que me queda por vivir depende casi por completo de la eficacia o la incompetencia de la policía. Si es eficaz, vendrá por mí y, en ese caso, me quedan horas de vida, no más. Si es incompetente (que parece el escenario más probable), dedicará sus esfuerzos (unos esfuerzos minados por la apatía y el desgano) a buscar a Alma Rossi. Siendo Alma Rossi la mujer solitaria y taciturna que es, no le será fácil encontrarla, a nadie se le ocurrirá que está escondida en mi casa. La única persona que tal vez podría imaginar que Alma se esconde conmigo es la viuda de Echeverría, que sabe que amé a Alma antes de que su difunto marido comprase Archipiélago Infinito y se llevase a esa mujer que parece una estatua de sal, una esfinge, de quien ella desconfía por instinto, no solo porque es bella, mucho más guapa y hechicera que ella, sino porque también es largamente más astuta, de modo que la viuda no podría no haber pensado alguna vez que su marido tenía una relación más que profesional con Alma Rossi y que Alma Rossi se avenía a procurarle sexo oral cada tanto. Quizás incluso Echeverría, siendo el cachafaz que fue, le confesó a su mujer que Alma se la chupaba de vez en cuando, pero nada más que eso. En cualquier caso, es razonable suponer que la viuda sabía que Alma Rossi tenía sexo con Echeverría o lo sospechaba, y que el descubrimiento del cadáver de Echeverría en una habitación pagada por Alma y el hallazgo de la llamada de Alma para convocarlo al lugar donde perdió la vida seguramente inducirán a la viuda a pensar que, por celos, por despecho, por envidia, por alguna baja pasión, Alma Rossi fue quien disparó hacia el pecho de su apestoso marido.

Siendo altamente probable que la viuda sospeche de inmediato de Alma, no es tan probable que sospeche de mí. Por lo pronto, no es para nada seguro que sepa de las tropelías, abusos y saqueos que Echeverría se permitió con los derechos de mis libros: no imagino a Echeverría contándole con orgullo con qué frialdad me robaba año tras año, en un país y en otro; un hombre no le haría esas confidencias a su esposa, un hombre jactancioso y envanecido como Echeverría no confesaría que buena parte de su fortuna es mal habida, se debe al robo. Puedo entonces suponer que la viuda no tenía conocimiento de que Echeverría me robaba y por tanto ignoraba (o eso quiero creer esta mañana en que me siento contento y hasta optimista) que yo odiaba a su marido.

Por lo demás, y habiendo tanto dinero en juego (que supongo que ella heredará, porque Echeverría no tuvo hijos), sería atropellado saltar a la conclusión de que la viuda está sinceramente afligida por la muerte de ese crápula. No siempre una muerte entristece a los más cercanos, por mucho que estos simulen estar tristes por decoro. A menudo, una muerte es un alivio y una liberación, incluso una estupenda noticia para quienes se supone deberían recibirla con pesar. No conozco bien a la viuda, pero por lo poco que la estudié aquella noche en que mi agente y yo fuimos a la casa de Echeverría en La Planicie, me pareció una mujer fría, ignorante, ambiciosa, calculadora, sin escrúpulos, una trepadora profesional, una puta de lujo. Si mi percepción no fue del todo inexacta, debo suponer que la pena que sentirá, si acaso, será mitigada por la idea de que ahora todo el dinero será de ella (y es bueno recordar que Echeverría era treinta años mayor que ella, de modo que, superada la tristeza pasajera, quedará la discreta alegría de saberse rica y en plena disposición de «rehacer su vida», como suelen decir las mujeres como ella, lo que naturalmente equivale a seguir trepando, a seducir a un hombre to-

davía más rico y desalmado y, de ser posible, quedarse
también con su fortuna y llorarlo teatralmente unos pocos días).

Me levanto de la cama, deslizo la pistola en la car-
tuchera que llevo en la correa, miro a Alma Rossi durmiendo (un resplandor de belleza que me infunde valor)
y camino hacia las escaleras que conducen al primer piso.
Todo está a oscuras en la casa, todas las cortinas están
cerradas para impedir la más pálida filtración de luz, de
modo que la casa está en penumbras, como me gusta, y
uno no podría saber, estando allí adentro, moviéndose entre las sombras, qué hora del día es. Nunca descorro las
cortinas, nunca abro las ventanas, nunca permito que la
luz del día envilezca la elegancia de la penumbra. Aun de
día, me gusta vivir a oscuras, con alguna lámpara encendida, protegido de las miradas fisgonas de los vecinos, de
los que se han mudado a esos edificios presuntuosos que
han construido en las calles vecinas, a los que considero,
sin conocerlos, y sin ganas de conocerlos, mis enemigos
naturales, gente hostil, gente arribista y descomedida que
ha venido a invadir la calle antes apacible en la que he
vivido por tantos años. Nunca me ha gustado conocer ni
saludar a mis vecinos porque no me gusta que sepan nada
de mí, salvo (si me espían) que cumplo con precisión unos
movimientos rutinarios en el barrio. No quiero que hoy
sea un día excepcional, quiero que sea un día más, y por
eso dejo a Alma durmiendo y camino hacia el quiosco de
la calle Maúrtua y compro todos los diarios, los serios y
los canallescos, para ver si alguno trae la noticia que yo he
protagonizado o fabricado, la noticia que acaso me deben
sin saberlo, y luego camino al café de la calle Tudela y
Varela, pido un jugo de naranja y un *croissant* caliente de
jamón y queso, y leo rápidamente los diarios, dejando mis
dedos impregnados de esa tinta negra mugrienta, y con-

firmo lo que sospechaba: que ninguno ha recogido la noticia de la muerte de Jorge Echeverría, lo que parece indicar un par de cosas: una, que hasta las dos de la mañana, la hora en que suelen cerrar las redacciones y mandar a imprimir las portadas y las últimas páginas de los diarios, nadie había encontrado el cadáver de Echeverría (es decir que nadie, apenas salimos, corrió a avisar que algo raro había sucedido en la 371 y que el silenciador de la Beretta obró a la perfección), y otra, que cuando cerraron los diarios a las dos de la mañana, probablemente la mujer de Echeverría seguía esperándolo, llamándolo al celular, o se había cansado de esperarlo y había tomado un Dormonid o un Stilnox o ambos y se había dormido profundamente, que se fuera al carajo su marido.

Magnífico, pensé. Por eso me gusta tanto este país: porque siempre prevalece la hipótesis más burda (la que parte de la premisa de que aquí gobierna la estupidez y que la enorme mayoría de los habitantes están pasmados por esa tara que se transmite genéticamente o a través de los diarios que tengo conmigo), porque los que investigan son los más tontos y suelen trabajar tarde y mal, porque lo más probable es que a esta hora, once de la mañana, nadie haya notado la ausencia de Jorge Echeverría, ni siquiera su mujer, que puede estar durmiendo bajo los efectos de los potentes hipnóticos que apostaría que toma todas las noches, ni siquiera su secretaria, que sabe que Echeverría a veces se pierde, por así decirlo, y que no le gusta que lo llamen al celular cuando se pierde, y por eso lo apaga o no contesta. Siendo que estamos en el Perú, debo entonces suponer como más probable la hipótesis más chapucera o menos inteligente: que la noticia no está en los diarios porque nadie la sabe aún, nadie ha descubierto el cadáver en la 371. ¡Qué bello y divertido es vivir en el Perú! ¡No cambiaría este país por ninguno en el mundo! Acá no es rey el tuerto, sino incluso el ciego, porque todos están cegados por la niebla de la melancolía e infectados por el pasmo (quizás genético o derivado del clima) de la estupidez (tomada por picardía o pendejada).

Pago la cuenta y regreso a mi casa caminando sin apuro, morosamente, como debería de caminar un hombre inocente, un caballero probado, el escritor de éxito que soy y al que algunos saludan con una discreta reverencia o una señal de afecto no exenta de sumisión (el peruano parece haber nacido para obedecer o para vivir con miedo, y si lo miras a los ojos con aires de superioridad, lo más seguro es que te mirará asustado, con complejo de inferioridad). Entrando a la casa, me dejo envolver por la cálida familiaridad de la penumbra, de la oscuridad propiciada por tantas cortinas de paños negros. Voy a mi estudio, enciendo la computadora y entro a las páginas de internet de los principales periódicos de Lima (*El Faro de Lima, La Prensa, Patria Mía, La Voz del Pueblo, La Jornada, El Nacional, Canta Claro y Habla, Causita*) y verifico la confirmación de la hipótesis más burda de todas: ninguno de los periodistas o plumíferos o gansos tristes que escriben esas páginas de internet se ha enterado de que el editor Jorge Echeverría (no digamos una celebridad, porque un editor en el Perú, aun siendo un triunfador internacional, es siempre un marginal, alguien que tiene el mal gusto de dedicarse a la cultura, actividad que aquí se asocia con los zánganos, los borrachos y los bohemios de cafetín) está muerto y pudriéndose de muerto y tal vez comenzando a apestar.

Esto me lleva a la siguiente conclusión: si ha de prevalecer la hipótesis más burda, a Echeverría lo encontrarán muerto cuando apeste tanto que alguien entre a ese cuarto a ver de dónde proviene aquel hedor. Si ello ocurre, con suerte me quedan la tarde y la noche para pasarlas en calma con Alma Rossi. No sé cuán pronto empieza a apestar agresivamente un cadáver. Echeverría lleva ya unas catorce horas muerto (lo maté hacia las ocho de la noche, y son las once de la mañana pasadas), pero quizás demore en exudar una pestilencia viciosa porque antes de irme encendí el aire acondicionado y lo puse en su punto más frío.

Subo a mi habitación y encuentro a Alma despierta, mirándome con un sosiego que me sorprende, como si no hubiéramos matado a un hombre la noche anterior, como si ella no fuese la principal sospechosa. Alma me mira con una leve sonrisa o con un gesto plácido y no me dice nada pero yo sé que se encuentra a gusto, que ha dormido (cosa que tal vez la sorprende) y, sobre todo, que no se arrepiente de haberse quedado conmigo.

—Nadie sabe nada. He leído todos los periódicos y he visto las noticias en internet y no hay una puta línea sobre lo de ayer —digo, y procuro no mentar el nombre del occiso ni hablar de muertes o crímenes: *lo de ayer* suena apropiado para sugerir que lo ocurrido ayer no fue gran cosa, solo algo que debemos ocultar y que sirvió para que estemos juntos de nuevo.

—Mejor —dice ella, cubriendo un bostezo con la mano—. Si nadie lo ha encontrado es porque nadie lo ha extrañado demasiado. Y si nadie lo ha extrañado demasiado es porque nadie lo quiere. Y si nadie lo quería, su muerte no será una gran noticia, ¿no crees?

Por eso amo a Alma Rossi: porque, aun en los momentos más aciagos, es capaz de decir las cosas con una inteligencia suave y elegante, de un modo tal que parece irrefutable y te convence en el acto de que ella es sin duda más inteligente que tú. En efecto (y esto lo supe desde que la conocí), Alma me supera en inteligencia largamente, pero sobre todo me supera en distinción, elegancia natural y buenos modales, y por eso es casi lógico que la siga amando, porque no he encontrado (ni encontraré en el poco tiempo que me queda por vivir) una mujer tan singularmente estimable como ella.

—¿Te traigo el desayuno? —le pregunto.

—Sí —dice ella—. Voy a ducharme mientras tanto.

Sale de la cama y camina exhibiendo su desnudez (y no hay pudor ni altivez en sus pasos: esto me llena de alegría, porque me revela que le sigue pareciendo natural que la vea desnuda, que mi mirada no asalta su intimidad ni la incomoda en modo alguno), y entra al baño y cierra la puerta.

—¿Te hago lo de siempre? —pregunto, como si fuera su mayordomo, y en cierto modo lo soy.

—Sí —dice ella, que no suele fatigarse en decir *por favor*.

—¿Lo traigo a la cama? —pregunto.

—No —dice ella—. Yo bajo a la cocina. Espérame abajo.

Cuando me da una orden tan clara, es porque quiere estar a solas y saber que estoy lejos. No he conocido persona más delicada que Alma Rossi: nunca le he escuchado un ruido inconveniente, una discreta miseria humana, esconde sus olores y suaves o estrepitosos fragores con tanto celo que nunca, nunca, le he oído un ruido corporal que confirme que es humana. No me consta que Alma Rossi sea completamente humana, no me consta que eructe o despida flatulencias o expulse excrementos. Todo esto debo suponerlo y es solo teórico: ella se encarga siempre, como esta mañana, de esconderme esas miserias, como si estuviera avergonzada de ellas, como si sentarse a cagar le pareciera indigno de ella, de una mujer tan refinada como ella. Tal vez por eso nunca ha querido que la penetre vaginalmente. *Mi vagina me da asco y no me gusta mirarla ni que la mires*, me dijo una vez, cortante, y no insistí en el asunto, porque sus labios y su silencio me bastan para sentirme plenamente satisfecho.

Cuando baja a la cocina, tiene el pelo mojado y despeinado y se ha puesto una bata blanca que es mía y le queda grande, y unas pantuflas que son mías y también le quedan grandes. No parece triste. Mira lo que le he preparado, confirma que no he olvidado sus gustos (dos tostadas de pan integral con queso cremoso y mermelada de fresas, un café con leche, una manzana partida por la mitad) y se sienta a comer como si tuviera un hambre repentina.

—¿Tienes un plan? —me pregunta, comiendo.

—No —le digo—. ¿Tú?

—Tampoco —responde—. Vamos improvisando.

—Vamos improvisando —le digo, y sonrío, y ella sonríe o hace el esfuerzo de sonreír.

Mientras la veo comer sin atropellarse pero con determinación, y sabiendo que no tiene ganas de hablarme sino de comer, le digo:

—Tengo un plan optimista y un plan pesimista.

—El pesimista —me dice, y no me sorprende.

—La policía encuentra alguna pista que la conduce a mí y viene a buscarme a esta casa, porque tiene alguna prueba de que yo estuve contigo cuando pasó lo de ayer.

Lo de ayer, de nuevo he preferido evitar los nombres, los detalles.

—¿Y? —pregunta ella, sin mirarme.

—No voy a ir preso —le digo—. Me quedan semanas de vida. No pienso vivirlas en una cárcel.

—Obvio —dice ella: siempre le ha gustado decir esa palabra, como si lo que yo acabara de decirle fuese en efecto una obviedad, algo que ella ya había pensado.

—Les diría que eres inocente, que pensaba matarte, que no pude, que yo maté a ese tipo y luego me pegaría un tiro.

Me mira, me mira fijamente, como si quiera estar segura de que hablo en serio, y luego sigue comiendo: al parecer me ha creído.

—Tú quedarías libre y yo simplemente moriría unas semanas antes.

Espero a que diga algo pero ella espera a masticar y tragar su tostada integral con queso y mermelada, y recién entonces se fatiga en hablarme:

—Suena razonable.

Nunca dejará de sorprenderme lo fría que puede ser esta mujer. Por eso la odié y quise matarla y por eso la admiro de un modo retorcido y quiero tenerla a mi lado: siempre aprendo algo de ella, por ejemplo, que mi muerte no le resultaría en tal caso dolorosa sino meramente razonable. Esto es lo que me irrita a veces de ella: lo razonable que es. Esto es, al mismo tiempo, lo que me enloquece o lo que me empequeñece frente a ella: su capacidad de razonar mejor que yo en cualquier caso, en el peor de los casos.

—¿Y el plan optimista? —pregunta, sin demasiado interés, como si no estuvieran en juego su vida y la mía.

—La policía solo sospecha de ti —digo.

—Gracias, qué honor —me interrumpe.

—De nada —digo.

—Es lo más probable o es tan probable como tu plan pesimista —dice ella.

—¿Por qué crees eso? —pregunto, solo para ver si ella piensa lo mismo que yo.

—Porque los policías son unos idiotas redomados, Javier —dice ella, con una leve exasperación—. Tú sabes lo estúpidos que son los policías en general y en este país en particular. Solo un imbécil se metería a policía. Una persona inteligente sería criminal. Es más divertido, ¿no crees?

—Ciertamente —digo, no sin recordar que a ella le gusta que secunde sus observaciones con ese adverbio.

—Todas las pruebas más obvias apuntan a mí y saldrán a buscarme solo a mí —continúa ella—. Irán a mi casa. No estaré. Irán a la editorial. No estaré. Preguntarán por mí. Nadie sabrá dónde estoy. Verán que yo pagué el cuarto, les dirán que yo era amante de Jorge, verán que yo lo llamé al celular. Todo apuntará a mí. Y como son hombres y además son tontos, pensarán: lío de faldas, mujer despechada, crimen pasional, ¿no crees?

—Sí, ciertamente —le digo—. Pero la recepcionista me vio contigo, quizás alguna cámara de seguridad nos grabó y alguien pudo vernos cuando salíamos.

—Ese hotel no tiene cámaras de seguridad —me dice otra vez, de nuevo con cierta crispación, como si yo hubiese dicho una tontería.

—¿Cómo lo sabes? —pregunto.

—Porque lo sé y no me preguntes cómo —contesta ella, tajante, y me repliego en el silencio al que me ha invitado enfáticamente.

Luego bebe un sorbo de café con leche y dice:

—Sabrán que un hombre me acompañaba, eso les dirá la recepcionista. No me pareció que ella te reconociera, no creo que ella sepa quién eres, no creo que te haya leído. Perdona la franqueza, querido.

Me encanta cuando me dice querido con ese aire condescendiente y a la vez sarcástico.

—Lo más probable es que solo salgan a buscarme a mí y que no sepan quién era el hombre que me acompañaba.

—Ese es mi plan optimista —le recuerdo.

—¿Optimista por qué? —pregunta ella—. ¿Porque la que se jode soy yo?

Hay una evidente irritación en sus palabras y en su mirada. Sabe que no es culpable de nada pero que todos la creerán culpable, y eso le parece injusto y el culpable de esa injusticia soy yo, el hombre que le ha preparado el desayuno y que no pudo matarla y que ahora la mira embelesado.

—No —le digo—. Optimista porque no vendrán a jodernos. Optimista porque podemos estar juntos acá todo el tiempo que nos dé la gana. Basta con que no salgas de la casa ni hables nunca por teléfono.

—¿A eso le llamas «optimista»? —sigue molesta ella—. ¿A que yo viva encerrada acá, sin poder salir, sin poder hablar con nadie, como si estuviera secuestrada?

Bebe más café con leche, muerde la manzana y me hace una seña displicente para que le ponga a tostar dos tostadas integrales más: cuando está nerviosa, Alma Rossi come y come y no puede dejar de comer. Sin embargo, nunca engorda, su delgadez parece un destino genético y la envidio por eso.

—Sí —le digo, mirándola con cariño—. A eso le llamo «un plan optimista». A estar contigo encerrados en este casa todo el tiempo.

—Todo el tiempo, no —me interrumpe—. Todo el tiempo, no.

—Si no sales y yo salgo a traer la comida, estaremos juntos casi todo el tiempo. Si tú lo quieres, por supuesto —digo, asustado de que me diga que se irá cuando le dé la gana y que mi plan optimista le parece una mierda.

—Todo el tiempo, no, Javier —me dice ella, mirándome con menos rabia que tristeza—. ¿No se supone que te vas a morir en unas semanas?

Había olvidado ese pequeño detalle:

—Sí, claro —respondo, y me siento un imbécil.

—Entonces no digas todo el tiempo —dice ella, no sé si molesta porque la acusarán de un crimen que no cometió o molesta porque no puede ir a su casa o molesta porque, además de todo, me voy a morir pronto.

—Bueno, todo el tiempo hasta que me muera —digo, como disculpándome.

—¿Que será cuándo? —pregunta ella—. ¿Exactamente cuándo te dijeron que te vas a morir, Javier Garcés?

Me encanta cuando pronuncia mi nombre y mi apellido, porque sé que le gustan, le gusta cómo suena, aunque más le gusta cómo suena su nombre, Alma Rossi.

—En seis meses —digo—. Quiero decir: máximo, en seis meses.

—Obvio —dice ella—. No podrían haberte dicho que en los próximos seis meses de ninguna manera te vas a morir y que recién te vas a morir después. No podrían decirle eso a nadie, ¿no crees?

—Ciertamente —le digo, pero no creo que ahora el adverbio que le resulta grato al oído consiga mejorar su mal humor.

—¿Y cuándo te dijeron eso? —pregunta.

—No recuerdo exactamente —le contesto.

—¡Cómo carajo no vas a recordar exactamente el día en que te dijeron que te vas a morir! —se exalta ella, levantando la voz, poniéndose de pie, caminando de un modo cómico por la cocina porque las pantuflas le bailan en los pies o los pies le bailan en las pantuflas.

—Fue hace dos meses, me parece —digo—. Pero no estoy seguro.

Ella me mira como si fuera una rata o un ratón o una araña o un alacrán o una cucaracha, como me miró el doctor cuando me dijo que me iba a morir pronto. Luego dice:

—¿O sea que tu plan optimista es que yo me quede encerrada acá esperando a que te mueras?

Tardo en responder porque sé que mi respuesta no le va a gustar:

—Digamos que sí.

—No me parece un carajo de optimista ese plan —dice.

Alma Rossi solo dice carajo cuando está muy molesta, en general prefiere no rebajarse a decir palabras ásperas, vulgares.

—No tengo otro plan —le digo.

—Yo sí —dice ella, mirándome con extraña determinación.

Me aterra que me diga que su plan consiste en irse y decirle a la policía lo que ocurrió y luego volver a descansar en su casa.

—¿Cuál es tu plan optimista? —pregunto, con pavor.

—Que no te mueras, huevón —me dice ella.

Su voz está sacudida por un viento autoritario y por un viento melancólico que amenaza quebrarla.

—No es posible —le digo.

—Sí es posible —me dice, furiosa—. Te prohíbo que te mueras antes que yo, ¿está claro?

—Clarísimo —le digo—. O, en realidad, no tanto. ¿Quieres que te mate y que luego me mate?

Me mira, si tal cosa es posible, con amor y con desprecio; solo he conocido una mujer capaz de mirar así, y es Alma Rossi.

—No, huevón —me dice—. Quiero que te quedes conmigo en esta casa todo el tiempo que yo te diga.

—Así será —acato.

Luego viene y me abraza como si estuviera despidiéndose de mí.

—No sé qué hago contigo, si sigues siendo el mismo huevón de siempre —me dice al oído.

Le gusta decirme *huevón*; no me lo dice con ánimo injurioso, lo dice con cariño.

—Yo tampoco sé qué carajo haces aquí —le digo—. Supuestamente deberías estar muerta. Supuestamente tendría que haberlos matado a los dos.

—Pero no pudiste, huevón —me abraza.

—No, no pude —le digo, acariciando su espalda o la bata blanca que cubre su espalda.

—¿Por qué no pudiste? —pregunta ella, sabiendo la respuesta.

—Porque te amo —le respondo.

—Obvio —dice ella, y la amo más.

—Y porque nadie me ha dado más placer que tú —le digo, lamiendo el lóbulo de su oreja.

—Obvio —dice ella.

—¿Vamos a la cama? —le sugiero.

—Obvio —dice ella, y luego camina para que yo la vea caminar y siga sus pasos como un perro faldero: el modo exacto en que siempre le gustó ir a la cama conmigo, ella avanzando y yo mirándola desde atrás, dispuesto a obedecerla en todo y a hacer lo que ella me ordene.

No es entonces exacto decir que Alma Rossi está en mi casa como si fuera mi rehén: es ella, con el modo en que camina o los placeres que sus labios prometen, quien me tiene secuestrado, y ella, la cabrona, lo sabe bien.

DIECISÉIS

Esa tarde no llegó la policía. Esa noche tampoco. Dormimos juntos. No la volví a tocar porque ella no lo deseó. No sonó el teléfono. Ella había apagado su celular y yo había desconectado las dos líneas de la casa y no uso celular porque tengo la certeza de que las radiaciones dañan la cabeza; irónicamente, no uso celular y tengo un tumor en el cerebro; quizás si lo usara, las radiaciones lo hubieran evitado o disuelto. Era solo cuestión de horas que la policía saliera a buscar a Alma, y tal vez a mí también. Sin embargo, sedado por los hipnóticos, dormí bien, sin alejarme nunca de la pistola.

A la mañana siguiente salí sin despertar a Alma, caminé hacia el quiosco, compré todos los diarios (el quiosquero me los tenía siempre reservados, sabía que me divertía leer los diarios populares, que revelaban ingenio en sus titulares de escándalo y que estaban escritos en un castellano curioso e hilarante) y me senté a tomar desayuno en el café de la calle Tudela y Varela. Pedí lo de siempre y me apresuré en leer los titulares de los diarios más serios e influyentes: ninguno anunciaba en la portada la muerte de Echeverría. Luego pasé las páginas de *El Faro de Lima* hasta llegar a la sección policial. Leí el siguiente titular: «Matan a editor de Perfil Bajo». La noticia, más bien escueta, decía: «Ayer por la tarde, personal de limpieza del hotel Country Club encontró el cadáver abaleado del exitoso empresario y activo promotor cultural Jorge Echeverría, dueño de la editorial Perfil Bajo, famosa en toda América Latina y todo un orgullo para el Perú. Según las primeras investigaciones policiales, Echeverría (65 años, casado, sin hijos) habría sido víctima de un asesinato a manos de su asistenta y amante Alma Rossi, quien lo citó en ese nido de amor y se encuentra ahora en condición de no habida, tras desaparecer raudamente de la escena del crimen. Empleados de la editorial Perfil Bajo expresaron su consternación por la sensible pérdida de este coloso de la cultura nacional y latinoamericana, y dijeron que Alma Rossi "siempre pareció una persona normal, como cualquier otra, tranquila, buena gente, pacífica, incapaz de matar a nadie". La viuda de Echeverría, Marta Balboa, no quiso hacer declaraciones en su lujoso chalé de La Planicie. Fuentes de la policía dijeron que están tras los pasos de la sospechosa Rossi y que no descartan que haya huido hacia el extranjero tras cometer este execrable acto delictivo».

Bien, pensé. *Vamos bien. Ni una palabra sobre mí. Magnífico. Qué gran país es el Perú.*

Luego pasé atropelladamente las hojas de *La Prensa* y encontré en la página cultural este titular: «Amante despechada mata a famoso editor». Es decir que ya el titular daba por cerrada la investigación policial y sindicaba como asesina a la inocente Alma Rossi. La noticia decía: «El famoso editor y titán de la cultura Jorge Echeverría fue brutalmente asesinado ayer en una lujosa *suite* de un hotel de San Isidro por su amante, Alma Rossi, mujer de pulposas curvas que al parecer fue víctima de un ataque de celos y acribilló a sangre fría al dueño de Perfil Bajo porque este se negaba a abandonar a su esposa para formalizar su relación con ella, en lo que la policía se adelantó a tipificar como un crimen "que configura todos los elementos de una venganza pasional a cargo de una mujer despechada"». Al lado, en un delgado recuadro, *La Prensa* publicaba el obituario de Echeverría, ensalzando sus méritos, omitiendo mencionar, desde luego, que era un ladrón profesional: «Jorge Echeverría, gracias por todos los libros que nos regalaste, gracias por todo el placer que te debemos, gracias por educarnos en el noble oficio de la lectura. Te vas, pero vivirás siempre en los libros que tan prolijamente editaste. Te vas, pero cada vez que leamos uno de los clásicos de tu editorial, estaremos reunidos contigo. Adiós, maestro. Dejas un hondo vacío, imposible de llenar».

Solté una carcajada que sorprendió a las camareras. *La Prensa* me había deleitado en grado sumo: no solo culpaba del crimen a la pobre Alma Rossi, sino que afirmaba, en sus desmesuradas loas al difunto, que nos regaló los libros que editó (lo que es rigurosamente falso: los vendía y bien caros) y que nos enseñó a leer (lo que, al menos en mi caso, es también falso: yo aprendí a leer en el colegio). Lo que sí era cierto (absolutamente cierto) era que nadie podría llenar la ausencia del finado: sería imposible encontrar otro amasijo semejante de cinismo, codicia, refinados modales para robar y buen gusto literario; era imposible que volviera a nacer un editor tan talentoso y un ladrón aun más talentoso que Jorge Echeverría.

Patria Mía, diario de izquierda que lanzaba proclamas incendiarias contra el imperialismo yanqui y pedía la insurgencia popular para derribar al gobierno lacayo del imperialismo, diario que sospechaba de cualquier empresario exitoso, de cualquiera que tuviera dinero, no parecía lamentar la muerte de Echeverría, pues decía en un titular de la sección de actualidad nacional: «Muere peón del imperio y agente de la CIA». Luego informaba sin ocultar cierto júbilo: «En circunstancias aún no esclarecidas, el empresario cultural y conocido agente del imperialismo yanqui Jorge Echeverría murió ayer en lo que podría ser un ajuste de cuentas de los servicios de inteligencia de la siniestra CIA. Como se sabe, Echeverría usaba su editorial Perfil Bajo como fachada y organización-pantalla para recorrer la América Mestiza y Morena (La Gran Patria de Bolívar) y desarrollar sus funestas labores de espionaje, infiltrándose en los movimientos culturales populares y cumpliendo su trabajo de rata vendida. Nuestra prestigiosa Unidad de Investigación, tras exhaustivas pesquisas, habría llegado a la conclusión de que sicarios de la CIA fuertemente armados llegaron a Lima en vuelo privado y ajusticiaron a su topo Echeverría, porque este habría traicionado a los amos que le daban de comer. Una vez más, el bendito suelo peruano es escenario de la prepotente injerencia del imperialismo yanqui y de su absoluto irrespeto a la soberanía patria. *Patria Mía* eleva su voz de protesta por este atropello a la dignidad nacional y exige que se esclarezca la muerte de este vil felipillo al servicio de la alineación cultural de la América Mestiza y Morena».

Fantástico, pensé. *Delirante. Real maravilloso. Por eso no me iré nunca del Perú, porque los tontos son tan tontos que resultan divertidos. Tengo que darle este periódico a Alma apenas entra a la casa*, pensé. *Le va a encantar la noticia.*

Enseguida abrí el odioso pasquín *La Voz del Pueblo* (odioso no solo porque publicó los libelos del gusano de Hipólito Luna contra mí, sino también porque estaba impregnado de una ridiculez solemne y de aire pontificio) y leí la noticia que me hacía feliz: «La cultura nacional está de luto: ha muerto Jorge Echeverría». En un artículo sin firma (probablemente porque al autor le avergonzaba haber escrito semejante torrente de cursilerías, muy propias de ese diario) decía: «Todos los que amamos la cultura y la llevamos en la sangre estamos hoy de duelo, y de duelo profundo. Ha fallecido el preclaro pensador, el egregio ensayista, el perínclito editor Jorge (*Mano de Piedra*) Echeverría. No salimos de nuestro estupor ante tan infausta noticia. Hay un antes y un después en la cultura nacional, y es la irrupción de Jorge Echeverría como incansable promotor del arte, la cultura, la literatura, la buena mesa, la sobremesa y el hoy devaluado arte de la conversación con los amigos. Jorge, más que un capitán de la cultura, más que un editor de lujo, era un amigo entrañable, siempre dispuesto a enviarnos de regalo sus últimas publicaciones editoriales, siempre dispuesto a pagar la cuenta cuando nos invitaba a departir sobre la vida cultural de la que él era infatigable protagonista y a la vez testigo, siempre obsequioso en las botellas de vino que nos hacía llegar por las efemérides patrias, por nuestros onomásticos (que nunca olvidaba) y por las fiestas navideñas (no siendo él creyente, era religiosamente cumplido en hacernos llegar una caja del mejor vino tinto chileno en nochebuena). No nos importa en este diario cómo murió, no vamos a refocilarnos como buitres con los detalles de la muerte de nuestro leal y querido amigo, el más exitoso empresario cultural en la historia del Perú y, por qué no decirlo, de América Latina. Una tristeza inenarrable, indescriptible nos embarga y nos impide seguir escribiendo. ¡Cómo te vamos a extrañar, Jorge Echeverría! ¡Cómo vamos a extrañar tu sonrisa contagiosa, tu bondad, tu rectitud en el derrotero de la vida y, sobre todo, tus deliciosas botellas de vino! Descansa en paz, esa paz que nunca te permitiste porque había siempre un nuevo libro que lanzar».

Más exactamente, que robar, pienso. Bien, bien, notable. Esto es *La Voz del Pueblo*: les importa un carajo si se mató o lo mataron o quién lo mató; lo que les importa (y les duele, y se nota) es que ya no serán invitados a tragar en las francachelas que organizaba el ladrón de Echeverría y que ya no recibirán cajas de vino en sus cumpleaños y en las navidades. Esto es lo que les duele en el alma, lo que les impide seguir escribiendo: la certeza de que ya nadie les regalará buen vino. Menudos periodistas de pacotilla estos borrachos de *La Voz del Pueblo*, los reyes de la lisonja y la zalamería a cambio de vino, los reyes de la mermelada.

Aburrido, plúmbeo, serio como los militares o los cardenales es el tabloide *La Jornada*. «Nuestra única lealtad es con la verdad y la justicia», reza su lema de campaña o su doctrina periodística o su eslogan fundacional. *La Jornada* es un diario católico y castrense, que destaca los exabruptos del obispo de Lima como sabias reflexiones (publica en tres o cuatro páginas los sermones dominicales de monseñor Vargas, generalmente destinados a condenar el aborto y la sodomía como los vicios más abominables de la sociedad consumista) y no se cansa de elogiar el patriotismo de las Fuerzas Armadas, a las que considera «reserva moral de la nación y celosas vigilantes de los sagrados intereses patrios». Por lo tanto, *La Jornada*, siendo el periódico cucufato y militarista que es, tiene escaso o nulo interés por el arte o la cultura, y le importa más si el sabio obispo de Lima eructa o despide un gas que si algún novelista publica un libro o si un pintor inaugura una exposición o si una cantante lanza un disco o si, como es el caso, un reputado editor de libros es encontrado muerto. A *La Jornada* solo le conmueve la muerte de un miembro del clero o de la tropa, le importa un carajo si muere un editor, un escritor, un poeta o los tres juntos atropellados por el chofer de una combi loca. Para *La Jornada*, los libros que no son aprobados por monseñor Vargas, el guardián de la ortodoxia, de los buenos valores y las rectas costumbres, no deben mencionarse en sus páginas y, por lo tanto, para ese periódico mis libros nunca existieron, nunca publicó una línea sobre ellos ni sobre mí, ni tampoco sobre los emprendimientos culturales de Jorge Echeverría, y la edición de hoy, del mismo modo que todas las anteriores ignoraron su vida y su obra, ignora su muerte por completo y no la menciona ni entrelíneas. Si hubiera muerto (de muerte natural, de achaques de viejo, o mordido por un perro rabioso) un teniente, un coronel, un general, *La Jornada* le hubiera dedicado página entera a ese héroe de la patria. Y si hubiera muerto un cura párroco, obispo o cardenal (de muerte natural o, como suelen morir los curas, envenenados por otros curas o sodomizados y asfixiados por los hombres que violaron cuando todavía eran niños), *La Jornada* hubiera hecho un escándalo monumental y dedicaría un suplemento entero para contarnos todos los milagros que obró el curita y para exigir a El Vaticano que no demore en iniciar los trámites para su beatificación y, si hay que ser justos, su ulterior santificación.

Alma Rossi no debe de leer *La Jornada*, pero supongo que la edición de hoy le parecerá encantadora, pudorosa, comedida. Se la llevaré. No sé si desprecio más a los fascistas estreñidos de este diario o a los borrachos cursilones de *La Voz del Pueblo*.

Luego paso a leer un clásico del periodismo popular peruano, un tabloide de portadas escandalosas, por lo general ilustradas con los pechos y las nalgas de alguna *vedette* de moda o caída en desgracia, o salpicadas de sangre con el rostro de algún pobre desgraciado al que alguien intoxicó con veneno para ratas: *El Nacional* («La voz del pueblo es la voz de Dios» reza su sagrado axioma, un axioma que Dios, de existir, podría considerar difamatorio, si solo hojease el contenido patibulario y burdelesco de este tabloide que vende un millón de ejemplares diarios, mucho más que todos los diarios serios juntos). No siendo Jorge Echeverría un personaje central, marginal o parasitario de la vida farandulera peruana, uno podría haber imaginado que *El Nacional* no anunciaría su muerte en portada. Más le ha importado destacar dos hechos que anuncian con tipografía de escándalo: «Cae temible banda de Los Buitres del Velorio: daban pésame y robaban carteras a las viudas» (con foto de uno de los integrantes de la banda que se paseaba por las capillas ardientes de Lima robando las carteras de las señoras afligidas que lloraban a su muerto, no sin antes darles una efusiva condolencia que les permitía despojarlas de sus carteras y relojes) y «Famoso travesti muere porque cirujano sátiro le infló el pompis con aceite de avión». Comprensiblemente, ambos sucesos merecían la portada de *El Nacional*: una banda de ladrones o un travesti muerto por negligencia médica eran más importantes, a no dudarlo, que el asesinato de un don nadie, un editor de libros conocido por cuatro gatos. La lógica de *El Nacional* parecía sólida, irrebatible: sus lectores eran ladrones o tenían el escondido sueño de ser ladrones, o eran travestis o guardaban la ilusión de serlo, de manera que un ladrón y un travesti (e idealmente un travesti ladrón) representaban al lector promedio de ese tabloide masivamente leído, no así un editor de libros, pues ya los libros eran considerados malos y amenazantes por ese diario popular, formas de competencia desleal, lecturas que no había que fomentar, pues si *El Nacional* se dedicaba a promocionar libros o escritores (y no putas, ladrones y travestis) tal vez corría el riesgo de perder lectoría. No obstante, me di con esta sorpresa en la página 28, en medio de noticias del hampa y los bajos fondos: «Magnate pingaloca muere en pleno chuculún». ¿Podía ser Echeverría el «magnate pingaloca»? Lo era, en efecto: «Enviciado por el chuculún, y en una orgía de drogas, sexo y alcohol, un conocido magnate pingaloca (alias *Tres Piernas*) falleció por exigirle demasiado a su trajinado miembro viril y fue víctima de un fulminante paro cardiaco-respiratorio mientras le daba al metisaca parejo con su rica jermita (alias *Se las Traga*) en un lujoso telo de la capital. El acaudalado empresario fue conducido a la morgue, donde, según nuestros dateros de confianza, llegó ya frío, pero todavía al palo. ¡Chesu!».

Poca gracia le hará a la refinada Alma Rossi que su alias sea ahora *Se las Traga*. Mejor si no lee esta noticia.

Canta Claro («Diario pobre pero honrado», decía su faro moral, no siendo honrado ni el portero del diario, desde luego) tampoco concedía importancia a la muerte de Echeverría. «Muere lumbrera» decía el lacónico titular, debajo del crucigrama lleno de mujeres semidesnudas. Al menos se habían dado el trabajo de conseguir una foto de Echeverría (de joven, viejísima) y escribir: «Gran conmoción causó en círculos culturales el sensible fallecimiento de la conocida lumbrera artística, el literato Julio Echavarría, quien habría sido asesinado por una satánica fémina que se halla en condición de no habida y que responde al nombre de Alba Rossini, alias *Rosita*. La citada dama de compañía disparó a quemarropa sobre la conocida lumbrera cultural, dejándola en condición de occisa o, como se dice en lenguaje popular, "ya fuiste, tío". La policía informa a la población que alias *Rosita* es de suma peligrosidad y ruega que se le proporcione cualquier información que pueda ser de utilidad para la captura de esa facinerosa».

No sabría decir si mi amada Alma Rossi se sentirá más insultada como alias *Se las Traga* o como alias *Rosi-*

ta, pero sospecho que eso de «satánica fémina» le resultará en cierto modo halagador.

Estupendo, pienso. *Ninguno de los diarios serios o canallescos menciona la existencia de un hombre que acompañaba a la asesina. Al parecer estoy a salvo. O bien no había cámaras de seguridad, o la recepcionista no me reconoció ni supo describirme, o bien la policía ni siquiera se tomó el trabajo de preguntarle si Alma Rossi se hallaba acompañada cuando se registró y pagó por la habitación, o bien la policía no investiga nada porque le resulta más cómodo que investigue la prensa, que tampoco investiga nada, pues se dedica a fabricar, torcer, distorsionar y manipular las noticias como más le convenga, siendo esta última hipótesis la más probable por ser la más burda: la policía lee los periódicos y lo que dicen los periódicos es la verdad y caso cerrado.*

Espero que *Habla, Causita* no me amargue este desayuno tan divertido y alentador, que me absuelve por completo del crimen y se ensaña con la única asesina, la no habida Alma Rossi. Espero que los sabuesos, buitres y hienas de *Habla, Causita* no tengan conocimiento alguno de que no fue Alma sino quien ahora lee sus páginas mugrientas (y, sin embargo, divertidas) el que mató a Jorge Echeverría. *Habla, Causita* me sorprende, lo que no debería sorprenderme, porque *Habla, Causita* siempre me sorprende: «El conocido editor y dueño de la poderosa casa editorial Perfil Bajo Jorge Echeverría decidió poner fin a sus días, haciendo honor al nombre del sello editorial que fundó, suicidándose discretamente en un hotel de Lima, de tres disparos al corazón. El suicida se hallaba severamente deprimido por las constantes infidelidades de su señora esposa, una jovencita treinta años menor que él. La pistola con la que se mató el famoso empresario cultural no fue hallada. La policía presume que fue robada por el personal de servicio del hotel, que se halla bajo interrogatorio. Fuentes sin confirmar aseguran que, antes de dispararse al corazón, el suicida dejó una nota, culpando de su deceso a su señora esposa, y sindicándola de ser una mujer de cascos ligeros, de vida fácil y casquivana, que le puso los cuernos y lo hizo venado hasta la saciedad, tanto es así que el cachudo ya no pudo aguantar más las constantes infidelidades de su joven esposa y decidió acabar con su vida. Un vocero de la policía se limitó a decir: "El tío era billetón y se mató porque estaba harto de ser venado". Aquí en *Habla, Causita* expresamos nuestro más sentido pésame a la viuda y los familiares del fenecido Echeverría y pedimos a las mujeres infieles: ¡basta ya de hacernos venados, carajo!».

Mientras regresaba con paso lento hacia mi casa, el atado de diarios bajo el brazo, pensé que no podía haber mejor lugar en el mundo para vivir, para morir y para matar que el Perú, y que los mejores periodistas del mundo eran sin duda mis queridos compatriotas, los reyes de la fabulación, de la inventiva sin fundamento, del delirio tremebundo, de la vulgaridad cómica y de la imaginación más portentosa y afiebrada. En el Perú no ocurría lo que en verdad ocurría: ocurría lo que, perezosos, embusteros, geniales fabricantes de mentiras baratas, creaban los redactores de los periódicos. Por lo tanto, la muerte de Jorge Echeverría podía deberse a un crimen perpetrado por su amante, a un ataque cardiaco en plena copulación, a una emboscada de los agentes de la CIA o a un suicidio por despecho, pero en ningún caso (en ningún periódico) podía siquiera imaginarse, especularse o insinuarse que yo lo había matado. Yo era inocente y estaba a salvo, mientas que Alma Rossi era la principal sospechosa y estaba jodida y no podía salir de mi casa. *No podría ser una mejor mañana*, pensé, abriendo la puerta de mi casa. Luego recordé que era improbable que, tras leer los diarios, Alma se sintiera tan contenta como yo, y por eso decidí dejar los diarios en mi escritorio antes de subir a ver si ya se había despertado la asesina de Echeverría.

DIECISIETE

—¿Trajiste los periódicos?

Alma está despierta y al oír mis pasos me lanza esa pregunta que no estaba preparado para responder.

—Sí —le digo, y me asomo al cuarto y la veo echada en mi cama y no me sorprende, me parece natural que esté allí, como si nunca se hubiera ido, como si ese fuese su lugar en el mundo.

—Dámelos —me dice—. ¿Dónde están?

—No te conviene leerlos —le digo.

—Javier, trae los periódicos —me ordena con firmeza.

—Como quieras —le digo.

Bajo a mi escritorio y separo los que no le conviene leer y le llevo los que creo que le harán menos daño.

Dejo *El Faro de Lima*, *La Prensa* (el peor de todos, que la acusa de ser la asesina en pleno titular), *El Nacional* (que la llama alias *Se las Traga*) y *Canta Claro* (alias *Rosita*).

Subo y le entrego *Patria Mía* (fue un ajuste de cuentas de la CIA), *La Jornada* (ni una palabra del crimen), *La Voz del Pueblo* (no les interesa quién mató a Echeverría, están consternados porque ya no les llegará más vino) y *Habla, Causita* (fue un suicidio porque su esposa le era infiel).

Alma está desnuda pero cubre su desnudez con el edredón de plumas y se asegura de que no le vea los pechos que solo beso cuando ella me lo ordena.

—¿Qué dicen? —me pregunta, con un mohín de asco, tirándolos sobre la cama, como si le hubiera entregado un papel manchado de mierda fresca.

—Ninguno te menciona —le digo.

—Imposible —dice ella, mirándome con suspicacia.

—Léelos —le digo.

—No quiero —dice ella—. Quiero que me resumas lo que dicen.

—Encantado —le digo, y me siento en la cama—. ¿No quieres que te suba un café con leche?

—No —dice ella, cortante—. Todavía. Resume, por favor.

—*Patria Mía* dice que a Echeverría lo mató la CIA —digo.

—¿Por qué la CIA? —se sorprende.

—Dicen que era un agente de la CIA y que la traicionó —le digo.

Alma Rossi se ríe como hacía tiempo no la escuchaba reírse: con ganas.

—Pobres tarados —dice—. ¿Qué más?

—*La Jornada* no dice una puta palabra, no les importa —digo.

—Nunca les importó lo que hacíamos —dice ella—. Mejor. Igual nadie lee esa mierda de periódico.

—No te creas —le digo—. Lo leen todos los militares y los curas. Es un montón de gente.

—Sigue, por favor.

—*La Voz del Pueblo*...

—¿Ese es el periodicucho que publicaba las críticas furibundas de Hipólito Luna contra ti? —me interrumpe.

—Sí, ese mismo —le digo—. *La Voz del Pueblo...*

—¿Sabías que mataron a Hipólito Luna? —me interrumpe.

—Sí, lo leí —le digo, sin mirarla.

Me mira fijamente y con toda probabilidad advierte que algo escondo.

—¿Quién lo mató? —me pregunta.

La miro a los ojos.

—Da igual —le digo—. Era un pobre gusano.

Me mira como si me tuviera miedo.

—Fuiste tú, ¿no? —dice.

Demoro la respuesta. No tiene sentido mentirle.

—Sí —digo—. Yo lo maté.

—¿Por qué? —se sorprende—. ¿Solo porque fue una mierda contigo? ¿Solo porque odiaba tus libros?

—Me odiaba a mí, no odiaba mis libros —la corrijo.

—Puede ser —dice ella—. Pero, ¿solo por eso lo mataste?

—Sí —le digo—. Lo maté porque lo odiaba. Lo maté porque me dijeron que me quedaban seis meses de vida. Lo maté porque no quería que ese gusano leyera en el diario que yo me había muerto antes que él.

Alma Rossi se queda callada, pensativa. Creo que le gusta cuando siente que le digo las cosas tal como las pienso.

—Suena razonable —dice.

Luego sigue ensimismada, cavilando.

—¿Por eso mataste a Jorge? —me pregunta.

—Sí, claro —le digo—. Porque lo odiaba. Porque no quería que me sobreviviera.

Me mira con algo que podría parecerse a la ternura en sus ojos fatigados.

—Tiene sentido —dice.

—Sí, tiene sentido —le digo—. Tú sabes todo el daño que me hizo. No podía morirme dejándolo vivo. No me parecía justo.

—No, no era justo —dice ella—. Lo justo era matarlo. Hiciste bien.

Me sorprende su frialdad.

—¿No lo querías? —le pregunto.

—No —contesta ella, sin vacilar—. Nunca lo quise. Solo quería su plata.

—¿Tanto como para traicionarme? —le pregunto, sabiendo que no he debido hacerle esa pregunta.

—Sí —dice ella, sin rastro de culpa o vergüenza por lo que hizo.

—¿No te arrepientes? —le digo.

—No —dice ella—. Ni un segundo.

—Pero ahora no podrás gastar todo ese dinero —le digo—. Estás jodida.

—¿No era que los periódicos no hablaban de mí? —se sorprende.

—*La Voz del Pueblo* no dice cómo murió ni quién lo mató —trato de corregir mi error.

—¿Qué dice entonces? —pregunta ella.

—Nada —le respondo—. Cursilerías. Huachaferías. Se lamentan porque ya no les llegará buen vino por navidad.

Alma Rossi se ríe.

—Jorge los despreciaba. Sabía que a cambio de una caja de vino esos pobres diablos escribirían maravillas de los libros que publicáramos.

—Esto te va a divertir —le digo, al verla de buen ánimo.

—Dime.

—*Habla, Causita* asegura que el tipo se mató porque su esposa lo hacía venado.

—¿Lo hacía venado? ¿Qué diablos es eso?

—Le sacaba la vuelta. Le ponía los cuernos. Le era infiel.

Alma se ríe de nuevo. Me encanta verla reír, verla reír en mi cama, en mi casa, sabiendo que no puede irse porque afuera la buscan aunque ella no lo sabe bien.

—¿Eso dicen? —sigue riéndose—. ¿O sea que culpan a la tarada de la esposa y dicen que Jorge se suicidó?

—Eso mismo dicen.

—Este es un país de opereta —y ya no está riéndose—. ¿Y qué dicen los diarios serios? ¿Qué dicen *El Faro de Lima* y *La Prensa*?

Me quedo callado, no sé qué decir. Alma revuelve los diarios que le he traído y advierte que no están los que acaba de mencionar.

—¿Dónde están? —se molesta.

—No te conviene —le digo, mirándola con amor.

—¿Qué dicen? —levanta la voz.

—No vale la pena —le digo, suplicándole con la mirada que no insista, que cambiemos de tema, que sigamos riéndonos.

—Tráelos, Javier —me ordena.

—¿Estás segura?

—Obvio.

—Mira que no te va a gustar...

—Tráelos inmediatamente, Javier Garcés.

Cuando me llama así, Javier Garcés, es que está molesta, es que está odiándome. Tiene razones para odiarme. He destruido su vida. Ya nada será igual para ella. Será una fugitiva o una presa o será mi rehén en esta casa hasta que yo muera.

Bajo al escritorio, agarro solo *El Faro de Lima* y *La Prensa* (de ninguna manera voy a permitir que lea que la llaman alias *Se las Traga* o alias *Rosita*, y no creo que ella sepa que esos pasquines, *El Nacional* y *Canta Claro*, existen y se han ensañado con ella) y subo a paso lento (debí instalar un ascensor como hizo el miserable de Echeverría en su mansión de La Planicie) y le doy esos diarios a Alma.

Luego me siento de espaldas a ella, en el lado de la cama que suelo ocupar al dormir, y escucho su respiración agitada mientras lee las noticias que no solo la señalan como la principal sospechosa, sino (en el caso de *La Prensa*) que la acusan de ser la asesina.

Luego hay un silencio que no presagia nada bueno, un silencio cargado de malos augurios.

—¡Me has cagado la vida, imbécil! —grita, y me arroja los periódicos.

No digo una palabra.

—¡Me van a agarrar y me van a meter presa y aunque les jure que soy inocente no me van a creer! —grita, como si estuviera a punto de romper a llorar—. ¡Cómo pueden ser tan imbéciles estos periodistas de acusarme sin pruebas! ¡Cómo puede ser tan imbécil la policía de no descubrir que tú estabas conmigo, que tú lo mataste!

Es mejor guardar silencio. Cualquier cosa que diga la irritará más.

—¿Y ahora qué se supone que voy a hacer? —dice, y su voz es un hilo delgado a punto de romperse.

—Si quieres, anda a la policía y diles que yo lo maté —le digo, y la miro con miedo, y sus ojos están enturbiados por la rabia y el rencor.

—¡No seas imbécil! —me grita—. ¡Nadie me creería!

—Si no te creen, que vengan acá y yo les confirmaré que estás diciendo la verdad —le digo.

—¿Y luego qué? —pregunta ella.

—No sé —le digo, sin mirarla: pero sí sé, solo que quiero evadir la cuestión.

—¿Y luego qué? —insiste—. ¿Estás dispuesto a ir a la cárcel para salvarme?

La miro y no puedo mentirle:

—Estoy dispuesto a confesar que fui yo. Pero no estoy dispuesto a ir a la cárcel.

—¿O sea? —pregunta, sabiendo la respuesta.

—Confesaría que fui yo y me mataría, ya te lo dije.

Me mira con desprecio, con pena, tal vez con cariño, pero sobre todo con una furia ciega.

—Eres un huevón, Javier Garcés —dice, y lo hace como si de verdad me odiara—. Mira en el lío de mierda en que me has metido. Debiste matarme, imbécil.

—Era mi plan —le recuerdo—. Pero no pude.

—Hubiera sido mejor que me mataras —dice ella, bajando el tono de voz, replegándose, quizás dándose lástima—. Ahora estoy viva, pero no puedo salir de esta casa, es como si estuviera muerta. Y todos allá afuera pensando que soy una asesina. ¿Y qué se supone que debo hacer ahora, idiota? ¿Ser tu enfermera? ¿Ser tu empleada? ¿Ver cómo te vas muriendo en esta cama?

—Nadie te obliga a eso —le digo, mirándola a los ojos—. Si quieres irte, vete.

—¿Adónde? —pregunta.

—No sé —le digo—. Te vas y luego vas improvisando. Si quieres, vas a la policía. Si quieres, te escondes donde te dé la gana. Si quieres, te vas al extranjero.

—¡Como si fuera tan fácil! —dice ella—. ¡Es imposible que logre salir del país! ¡Mi foto debe estar en el aeropuerto, debo tener una orden de captura!

—Sí, claro —le digo—. Pero si te vas manejando por la autopista, siempre puedes pasar por tierra hacia Chile o hacia Ecuador.

—¿Y si me reconocen en la frontera?

—Les das una buena coima o les das una buena mamada y te dejan ir.

—¿Qué crees? —grita, y me avienta una almohada—. ¿Qué soy una puta? ¿Qué estoy dispuesta a chupársela a un policía para que me deje escapar?

La miro a los ojos y le digo la verdad aunque le duela:

—Sí.

Me vuelve a mirar con desprecio:

—Te equivocas, Garcés. Nunca se la he chupado a nadie que no amara.

—No te creo —le digo—. Al ladrón de Echeverría no lo amabas y se la habrás chupado mil veces, cabrona.

—¡No me digas «cabrona», huevón, asesino de mierda! —dice, y se levanta de la cama y camina desnuda como si no lo estuviera, camina como un animal enjaulado, de un lado a otro, pensando, rumiando su odio contra mí—. A Jorge no lo amaba, pero amaba la plata que me daba, y por eso se la chupaba feliz —sigue, sabiendo que me humilla con sus palabras, porque es como decirme que preferiría seguir con él, chupándosela por plata, que estar acá conmigo, sin saber adónde ir, qué carajo hacer.

—Pudiste irte del hotel —le recuerdo, para que no me eche toda la culpa—. Pudiste ir directamente a la policía. No me culpes por una decisión que tú tomaste sola. Yo no te pedí que vinieras. Tú elegiste venir.

—¡Porque acababas de matar a Jorge y me habías dicho que te quedaban semanas de vida! —se enfurece, y sigue caminando, inconsciente de su desnudez o tal vez orgullosa de ella, jactándose sin decirlo del cuerpo que sabe que adoro—. ¡Porque estaba en *shock* y no sabía qué mierda hacer!

—Entiendo —le digo—. Pero lo hecho, hecho está. Y no tiene sentido que sigas en estado de *shock*. Cálmate, por favor, mi amor.

—¡No me digas «mi amor»! —me grita, y me lanza una mirada flamígera, una de esas miradas que me hacen temerle.

—Perdona —le digo.

—Tampoco me pidas perdón —dice impaciente, atropellando sus pasos—. Ayúdame a pensar qué debo hacer. Aconséjame. ¿Qué harías tú en mi lugar?

No debo contestar esa pregunta. Yo amo a Alma Rossi y quisiera que Alma Rossi me amara y sé que no me ama, pero eso es lo que yo quisiera: que ella me amara y se quedara conmigo hasta que me muera y que luego vea qué carajo hace con su vida. Pero no me ama, y como no me ama o como no me ama tanto como yo a ella, es imposible que le dé un consejo desinteresado. Lo que quiero es tenerla conmigo todos los días que me queden por vivir. Igual contesto:

—Creo que por el momento te conviene quedarte acá —le digo.

—Eso es lo que te conviene a ti —dice ella.

—No —le digo—. También a ti. Si sales, te agarrarán, estás jodida. Y te llevarán presa. Y por muy incómoda que puedas estar acá, creo que en una cárcel estarías bastante peor.

—Obvio —dice ella, y me encanta que diga *obvio*.

—Y si vas a la policía, corres el riesgo de que esas bestias no te crean, te violen, te humillen de maneras que prefiero no imaginar, corres el riesgo de que te acusen del crimen y te metan presa y ni siquiera vengan a buscarme, porque ya sabes cómo son los policías de este país.

—Obvio.

—No te creerán. Creerán que fuiste tú. Te dirán: «Y si usted no lo mató, ¿por qué esperó dos días para venir a la comisaría? ¿Por qué se escondió?».

—Obvio.

—Además, para la prensa ya eres la culpable y la policía no hará el menor esfuerzo para desmentir a la prensa; estará encantada de presentarte esposada, diciendo que fuiste capturada tras una arriesgada operación de inteligencia, y le importará un carajo tu versión, cerrará el caso y te meterá presa. Así son las cosas en este país.

—Si *La Prensa* dice que soy la asesina, los policías dirán lo mismo.

—Aunque tú lo niegues, aunque tú les ruegues que vengan a esta casa para escuchar mi confesión, no te creerán. Y luego, vengan o no vengan, pero mi instinto me dicen que primero te mostrarán a la prensa esposada, te meterán presa y te violarán. Después verán si pasan o no por acá, y quizás no vengan nunca, les dará flojera, ¿para qué carajo complicar más el caso?, ¿para qué meterse con un escritor de éxito, famoso? Quizás vengan un día y toquen el timbre, pero si no abro, se van y no vuelven más. Si me pides un consejo, yo no saldría de esta casa. Vayas adonde vayas, llevas las de perder. Te agarrarán y todo el mundo estará feliz de que muestren a la asesina.

Alma Rossi me mira abatida, resignada.

—Está bien, me quedaré —dice—. ¿Y cuándo se supone que te vas a morir? —vuelve con el tema, sabiendo que no tengo respuesta para esa pregunta.

—Según el médico, en pocas semanas.

—¿Según qué médico? —se impacienta.

—Mi médico de siempre —le digo—. El doctor Martínez, de la clínica Americana.

—¿Te sientes mal? ¿Te duele la cabeza? ¿Sientes que te estás muriendo?

—No. La verdad es que me siento mejor que nunca.

Alma se acerca a mí, me toca la cabeza, pasa sus manos por mi cabeza tratando de encontrar algún bulto raro, alguna protuberancia que confirme lo que me dijo el doctor Martínez, que allí adentro hay un tumor que ya no puede operarse y que me matará muy pronto.

—No siento nada raro —dice.

—Yo tampoco —digo—. Pero puedes seguir buscando el tumor todo el tiempo que quieras.

Alma me mira con una complicidad que creía perdida, ve el bulto entre mis piernas, sonríe con malicia y dice:

—Si estoy condenada a quedarme acá hasta que te mueras, prométeme una sola cosa.

—La que tú quieras, mi amor.

—No me digas «mi amor».

—Perdona.

—Prométeme que harás siempre lo que yo te diga.

—No hace falta. Siempre hago lo que me dices.

—No. No siempre. Yo no te dije que mataras a Jorge. Yo no te dije que mataras a Luna.

—Es cierto. Pero nada de esto estaba en mis planes. Tú deberías estar muerta.

—Ya estoy muerta, huevón. Ya me mataste. Estoy muerta en vida. Soy tu prisionera.

—Yo también estoy muerto.

—No parece, por lo que veo ahí abajo —dice, y sigue acariciándome la cabeza—. Déjame verla —me ordena.

Me abro el pantalón y le muestro mi verga erguida.

—¿Te sigue gustando? —le pregunto.

—Sí —dice ella, con una voz ronca y culposa que anuncia placeres por venir.

—¿Más que la de Jorge? —le pregunto.

Me mira disgustada:

—Jorge está muerto, Javier.

—Me alegro —le digo.

Se pone de rodillas y hace lo que tanto le gusta: mete mi sexo en su boca, lo lame, juega con él, lo mira como si esa parte de mí le perteneciera.

—Y cuando te mueras, ¿qué se supone que debo hacer? —me pregunta.

—No lo sé —le digo—. Tendrás que improvisar.

Ella sigue chupándomela y a la vez tocándose. No intento tocarla. No le gustaría.

—Yo en tu caso no iría nunca a la policía —le digo—. Antes de morir, sacaré plata del banco y te la dejaré en una maleta. Cuando muera, te subes a mi auto y manejas hasta la frontera con Chile y pagas lo que tengas que pagar para que te dejen pasar si te reconocen.

Alma sigue concentrada en darme placer y en dárselo a ella y solo emite un gemido que parece ser de asentimiento o aprobación.

—Lo más probable es que no te reconozcan en el control terrestre de la frontera con Chile, los policías son muy brutos, les coqueteas un poco y te dejarán pasar.

Alma consigue ejecutar ambas maniobras, la que me presta con su boca y la que se procura rozando su clítoris con los dedos de un modo parejo, seguro, armonioso, como si no tuviera prisa, como si no fuera a morirme cualquier día de estos, pero es así como me gustaría morirme: en su boca, con mi pinga en su boca, terminando dentro de ella.

—Quédate conmigo y cuando me muera, te vas con mi plata a Chile y comienzas una nueva vida allá —le digo.

Se retira de mi boca y me dice:

—Cállate, por favor.

Me callo, por supuesto. Luego vuelve a retirarse y me dice:

—Cuando estés por terminar, la sacas y me terminas en la cara.

—Lo que tú digas, mi amor.

—No me digas «mi amor».

Y sigue chupándomela como si me amara o como si al menos amara mi pinga.

DIECIOCHO

He vuelto a conectar las líneas del teléfono y ahora suena una. Nunca contesto. Espero a oír la voz de quien llama en la grabadora. Estoy en mi estudio, la pistola sobre la mesa, releyendo los diarios del día, riéndome sin que Alma, en mi cama, escuche mis risas ahogadas.

—Buenas tardes, Javier. Te habla Marta Balboa, la mujer de Jorge Echeverría.

Doy un respingo. Alma ha escuchado la voz de la viuda en el contestador y viene corriendo hasta mi escritorio. Lleva puestos un bóxer y una camiseta que ha sacado de mi clóset, y está descalza. Me mira aterrada y me hace señas autoritarias para que no levante el teléfono.

—Primero que nada quería agradecerte por la corona de flores que me mandaste. Muchas gracias, Javier. Tú siempre un caballero.

En efecto, soy un caballero, un caballeroso hijo de puta, y después de matar a Echeverría pensé que, publicada la noticia en los diarios, correspondía mandar un enorme arreglo floral a la casa de la viuda en La Planicie, con una tarjeta a mi nombre y un mensaje dictado por teléfono a la florista: «Mis más sentidas condolencias, Marta querida». Pensé que la operación de enviarle flores, que solo me costaba una breve llamada telefónica y algún dinero, disolvería, en la mente rapaz de la viuda, la improbable sospecha de que yo pudiera ser el asesino, y al mismo tiempo, tal vez al leer «Marta querida» y siendo yo un escritor de éxito y de cierta fortuna, y siendo ella una viuda llena de plata fresca (la plata que heredaría del ladrón al que me di el gusto de matar), la haría pensar en mí como un posible candidato para consolarla en su dolor y, pasado ese dolor (que no tendría por qué durar más de una semana o dos), para follármela como una mujer de su calaña putañera necesitará que se la follen, que un clavo saca a otro clavo y nada me gustaría más que montarme a Marta Balboa en la cama de Echeverría antes de morirme: Marta está buena, es un animal sexual y en dos semanas le arderá el coño y estará necesitada de que le alivien el luto o el duelo con un par de buenas copulaciones no exentas de cierta violencia ni de palabras soeces.

—Quería preguntarte, Javier, y perdona que te llame por esto, pero comprenderás que estoy destruida, que esto ha sido demasiado fuerte para mí, quería preguntarte...

Alma me ordena con la mirada y la mano levantada que no me atreva a tocar el teléfono. Obedezco. Pero creo que es un error. Creo que debería hablar con Marta Balboa, darle el pésame, ofrecerle una visita, si así lo estima conveniente.

—...si has sabido algo de Alma Rossi.

Alma se cubre la boca con una mano y se repliega sobre sí misma, como si se supiera condenada, como si oír su nombre pronunciado con una leve repugnancia por Marta Balboa le hubiese confirmado que está jodida y bien jodida, que no puede salir bien de este embrollo, ya Marta sospecha que puede estar escondida en mi casa y por eso llama, no para agradecer las flores sino para seguirle la pista, y esa puta trepadora, quizás piensa Alma, siempre fue astuta, siempre supo que yo era su enemiga natural, y no olvida que antes de trabajar con Jorge yo trabajaba con Javier.

Estoy a punto de contestar el teléfono pero Alma me lo prohíbe con otra mirada, despótica, preñada de feroces represalias si me atrevo a desobedecerla.

Marta Balboa continúa hablando en mi grabadora como si no tuviera prisa (ni demasiada congoja: no está llorando), o como si supiera que estoy al lado, escuchándola, y tal vez como si sospechara que Alma ha venido a esconderse conmigo después de matar a su esposo:

—Ya sabes, Javier, que Alma mató a Jorge y está desaparecida. La policía la está buscando, pero hasta ahora nada, la desgraciada se ha hecho humo. Tú sabes que ella vivía enamorada de Jorge y creo que lo mató por despecho, porque Jorge nunca se fijó en ella, Jorge solo tenía ojos para mí.

Miro a Alma y, a pesar del miedo que la embarga, alcanza a insinuar una sonrisa maliciosa: Marta Balboa no tiene ni puta idea de lo que está diciendo, el depravado de su marido se derretía por Alma Rossi, aunque no dudo de que también gozaba cabalgando sobre sus nalgas opulentas, unas nalgas que ella cuida como su más preciado tesoro subiendo a una máquina de escalera estática todas las mañanas durante una hora, sudando el culo y endureciéndolo y dejándolo en forma altamente competitiva para el ladrón de su marido.

—En fin... —dice Marta, y luego se aleja del teléfono y se alivia la mucosidad nasal con un ruido asqueroso—. Te llamo porque recordé que antes de trabajar con nosotros, esa perra trabajó contigo, y quizás tú, que eres tan caballeroso y tan inteligente, puedes tener una idea de dónde se habrá escondido esa puta asesina.

Ya es tarde para contestar, pienso. *Si contesto ahora, Alma Rossi montará en un ataque de cólera y seguramente se irá de mi casa, y además Marta Balboa sospechará de mí, sabrá que he estado al pie del teléfono escuchando su discurso plañidero, y tal vez pensará (no sé cuán inteligente es, pero sé que tonta no es y que no descansará hasta hallar a Alma Rossi y destriparla) que si he demorado tanto en contestar es porque algo sé, porque algo escondo, porque no soy inocente.*

Ahora Alma está asustada, le tiemblan las piernas, y yo también tengo miedo porque no esperaba esta llamada ni esta despedida:

—Te ruego que me llames, Javier. Necesito hablar contigo. Tú sabes que en la policía no se puede confiar. Yo confío en ti. Mi sexto sentido me dice que tú puedes saber dónde está esa perra de Alma Rossi, y si me ayudas a encontrarla, te prometo que seré generosa en recompensarte. Tú sabes cuánto te admiro. Por favor llámame con suma urgencia. Mi celular es el 99887-7555. Llámame a la hora que quieras, Javier. Y si prefieres, ven a la casa. Me siento muy sola y no sé en quién confiar y creo que en ti puedo hacerlo. Por favor, llámame. Un beso y gracias nuevamente por las flores. Adiós. Estaré esperando tu llamada con ansiedad. Y Jorge, desde el cielo, te agradecerá si me ayudas.

Luego cortó y un silencio ominoso se instaló en el escritorio. Alma se sentó en un viejo sofá y yo permanecí dando vueltas en mi silla giratoria, hurgando con un dedo en mi nariz.

—Deja de sacarte los mocos, asqueroso —me dijo Alma, y la obedecí.

Me quedé callado, pensando, examinando mis opciones. Podía llamar a Marta. Podía no llamarla e ir a visitarla. Podía visitarla y follármela si veía propicia la circunstancia. Podía (follándomela o no) simular que sería su aliado incondicional en la causa noble de buscar a la asesina Alma Rossi. Esto (llamarla, visitarla, follármela en el mejor de los casos, ponerme de su lado) serviría para que Marta no sospechase de mí, para que la peligrosa idea de que Alma Rossi tal vez se escondía en mi casa, en la casa de su antiguo socio y amigo y amante, no se le ocurriera ni por un segundo. Podía no llamarla, no visitarla, ignorar su mensaje, pero tal conducta despertaría suspicacias y recelos en ella: si le había mandado una corona de flores con mis condolencias, lo correcto era, cuando menos, devolverle la llamada y visitarla si ella me lo pedía.

—Estamos jodidos —dijo Alma Rossi.

—No necesariamente —dije yo.

—Estamos jodidos, huevón —dijo ella—. Marta ha llamado porque sospecha de ti.

—Te equivocas —le dije—. Ha llamado porque es una mujer que no sabe estar sola. Ha llamado porque yo le gusto y quiere que la acompañe.

Alma soltó una risa forzada y desdeñosa.

—¡Dios! ¡Qué vanidoso eres! —dijo—. ¿Cómo sabes que le gustas? ¿Cómo puedes creer que si acaban de matar a su marido está pensando en otro hombre?

—Sé que le gusto porque sé cómo me miró cuando estuvimos juntos en su casa —le dije, sin dejarme avasallar por su aire displicente y mandón—. Estoy seguro de eso. Y estoy seguro de que Marta Balboa está sola y desesperada y necesita que alguien la acompañe.

—¿O sea que crees que está arrecha y que te llama para que te la tires cuando recién enterró a su marido? —pregunta Alma, y sus palabras están impregnadas de un aire condescendiente, de superioridad.

—No he dicho eso —le digo, irritado porque se burla de mí cuando estamos en un callejón sin salida y no conviene pensar con el ego por delante—. He dicho que se siente sola, que no sabe estar sola, que necesita que alguien de confianza la acompañe.

—¿Y por qué debería confiar en ti, si no son amigos y se han visto poquísimas veces? —me interrumpe.

—No lo sé —le digo—. No esperaba su llamada.
Pero no es tan complicado atar cabos: recibe mis flores,
ve mi tarjeta, recuerda que le gusto o que le parezco una
persona inteligente, recuerda que te conozco bastante y
que antes de irte con Jorge eras mi amante, lógicamente
concluye que no solo puedo acompañarla, sino que puedo ayudarla a encontrarte.

—Entonces comienza por ahí, huevas tristes —
dice ella, y se pone de pie y camina como si estuviera loca.

No me gusta que me llame así, «huevas tristes»,
prefiero que me llame «huevón».

—Te ha llamado porque sabe que tú puedes ayudarla a dar conmigo —dice, sin mirarme, como hablando
consigo misma—. No te ha llamado porque le gustes, porque necesite de tu compañía, porque no pueda estar sola.
Huevadas, Javier. Te ha llamado porque sabe que tú puedes
saber dónde mierda estoy. Te ha llamado porque quizás sospecha que estoy acá escondida, ¿no te das cuenta, huevón?

Me impaciento yo también, me pongo de pie y le
digo:

—Da igual por qué ha llamado. Lo único seguro
es que tengo que llamarla, porque si no lo hago, sospechará que sé dónde estás y vendrán a buscarnos.

Alma me mira con aire vulnerable porque sabe
que tengo razón y pregunta:

—¿Y qué le vas a decir?

—No sé —le digo—. Vamos improvisando.

—Vamos improvisando, *my ass* —se enfurece
ella—. Si la llamas, tienes que tener un plan.

—Tengo un plan —digo cortante.

Ella camina en círculos como un caracol borracho, y yo camino y me asomo por la ventana y fisgoneo

moviendo apenas las cortinas para ver si alguna presencia sospechosa transita allá afuera: no, de momento todo parece en orden.

—¿Cuál es tu plan? —pregunta Alma.

—Hay un plan optimista y otro pesimista —digo.

—Me tienes hinchada con tus dos planes —se impacienta ella, pero enseguida recobra el control y pregunta con mejor voz—: ¿El optimista?

—La llamo, me dice que quiere verme, o le digo que mejor no hablemos por teléfono, que es más seguro hablar en su casa, voy a su casa, le digo que no sé nada de ti, que te odio, que eres una perra, que me traicionaste, que te vendiste a Jorge, que nunca más supe de ti.

—Obvio —me interrumpe.

Sigo hablando atropelladamente:

—Le digo que la ayudaré a buscarte, que te odio más de lo que ella te odia por haber matado a su esposo, y si veo que las circunstancias son propicias, la beso, la abrazo, le digo que no la dejaré sola, que una mujer como ella, tan linda, no puede estar sola en un momento tan desgraciado, y si veo que se tienta y me da permiso, me la culeo bien culeada.

—Eres un degenerado, Garcés —dice Alma, mirándome con repulsión, como si fuera una rata o un ratón o una araña o un alacrán o una cucaracha—. Me das asco.

—Gracias, mi amor —le digo sarcásticamente.

—¿De verdad eres capaz de culearte a esa puta trepadora infecta? —pregunta ella—. Para mí ese sería el plan pesimista —añade, con tono burlón.

—Me encantaría culeármela —no miento—. Es un hembrón. Tiene un culo del carajo y debe ser una puta en la cama.

—Y fuera de la cama —me interrumpe.

—Me encantaría culeármela, pero no tanto porque está buena (porque nunca nadie estará más buena
que tú, amor), sino porque sería una venganza deliciosa
contra el hijo de puta de Echeverría.

—¡Una venganza más! —se sorprende ella, y da
dos pasos atrás, como si de pronto yo le diese miedo—.
¡Pero si ya lo mataste, huevón! ¿Qué más venganzas
necesitas?

—Ninguna, ninguna —le digo, y le hago señas
para que no grite: podrían oírnos los vecinos—. Nada de
esto estaba en mis planes: que tú vengas conmigo, que me
llame Marta Balboa. Pero ahora ya me llamó, ya sospecha
que puedo saber dónde estás o que puedo ayudarla a encontrarte, y si no la llamo estaremos jodidos, tengo que llamarla
y tengo que ir a verla si ella me lo pide, y tengo que meterle
pinga si así la dejo tranquila y le aplaco la sed de venganza.

Alma piensa, me mira lanzándome con los ojos
una llamarada de odio y luego habla:

—Harás exactamente lo que yo te diga, ¿de acuerdo?

Mierda, pienso, *¿y ahora con qué saldrá esta loca?*

—De acuerdo —le digo, aunque no haré lo que me
diga, pero quiero que se calme y que piense que soy una
dócil mascota que hace las cabriolas que ella me ordena.

—Está bien, la vas a llamar —me dice.

—¿Cuándo? —la interrumpo.

—Hoy, en un par de horas —confirma.

—Bien, tiene sentido —digo—. No conviene esperar hasta mañana. Podría mandarnos a la policía.

—Obvio —dice ella—. Pero de ninguna manera
vas a ir a su casa y de ninguna manera te las va a culear.
Eso sí que te lo prohíbo, Javier.

¿De pronto tiene celos Alma Rossi de imaginarme
cabalgando en Marta Balboa del modo procaz y desaforado
que ella nunca me ha permitido que cabalgue en ella, por-

que a ella solo le gusta el sexo oral, y el sexo oral que ella da, no el que recibe, porque su vagina es un tesoro que esconde con incomprensible pudor? ¿Es por celos o por cálculo que le da miedo que visite a Marta? ¿Tendrá miedo (sería humano) que estando con Marta sucumba a la tentación de follármela y que después de follármela sucumba a la tentación de quedarme con ella y su inmensa fortuna? Las mujeres, me digo, son incapaces de sentir afecto por una mujer más joven, más rica y con mejor culo que ellas, y Alma Rossi no es una excepción: ve en Marta Balboa a una amenaza peligrosa y quiere conjurar ese peligro evitando que me acerque a ella.

—¿Y si me pide que vaya a su casa? —pregunto, porque sé que es probable que eso ocurra.

—Le dirás la verdad —me dice ella, secamente.

—¿Qué verdad? —le pregunto, porque a estas alturas ya no sé bien qué es verdad y qué es mentira—. ¿Que yo lo maté?

—No, huevón —me dice ella, como si le diese lástima—. Que estás enfermo, muy enfermo, y que te quedan semanas de vida, que tienes un tumor en el cerebro, y que la acompañas en su dolor pero no tienes la más puta de idea de mí, que nunca más me viste ni quieres verme, y que te morirás en pocas semanas.

—No sé si conviene decirle eso —digo, pensativo.

—Lo que yo sí sé es que de ninguna manera conviene que vayas a su casa, Javier. Es una orden y la vas a obedecer.

Alma no está dispuesta a hacer concesiones, pero en cierto modo me halaga que tenga miedo o celos de que vaya a casa de Marta Balboa.

—Muy bien —le digo—. No iré a verla. La llamaré y le diré que no sé nada de ti y que te portaste como una rata conmigo y que, si pudiera, te mataría.

—Pero no le dirás que estás enfermo —reconsidera.

—¿Por qué no?

—Porque si le dices que estás enfermo y que estás muriéndote, la puta imbécil vendrá corriendo a visitarte, a traerte chocolates y galletitas, ¿no te das cuenta, huevón?

—No había pensado en esa posibilidad —digo.

—Obvio —dice ella—. Tú te crees muy inteligente, pero mira la mierda en la que nos has metido.

—En la que te has metido —la corrijo—. Tú elegiste venir a esta casa. Yo no te secuestré.

Ahora estoy molesto y tengo razón: Alma Rossi pudo escapar cuando entró Echeverría, o pudo alertarlo sobre el peligro que lo acechaba si daba unos pasos y entraba a la 371, o, ya muerto Echeverría, pudo salir conmigo del hotel y despedirse de mí y correr para denunciarme a la policía: si solo hubiera elegido esta última posibilidad, ahora estaría libre de toda sospecha y yo muerto, me habría pegado un tiro cuando la policía, alertada por ella, llegase a mi casa aquella noche en que maté al editor ladrón. Pero Alma eligió esconderse conmigo o se apiadó de mi enfermedad y quiso acompañarme: pues que ahora no se arrepienta, que no me culpe de sus decisiones, que se joda.

—Tendrías que haberme matado —dice ella.

—No digas estupideces, no seas cobarde —le digo—. Y si quieres matarte, allí está la pistola —señalo la Beretta sobre mi escritorio—. Puedes hacerlo cuando quieras. O matarme, si eso te hace feliz.

—Cállate, Javier —dice, como si estuviera pensando.

Luego se queda en silencio, dando pasos circulares, mirando sus pies descalzos, las uñas sin esmalte, pisando la alfombra, hundiéndose en ella, y dice:

—Esto es lo que harás. Ya lo tengo claro.

—Dime, Alma.

—Primero que nada irás al banco, sacarás todo lo

que puedas en efectivo, lo traerás a la casa y lo dejarás en un maletín para mí.

—De acuerdo. ¿Cuánto quieres que saque?

—¿Cuánto tienes?

—En el Banco de Crédito, dos millones de dólares. En el Continental, tres.

—¿Nada más? —se sorprende, y me mira con desconfianza.

—El resto lo tengo afuera —le digo, y no miento.

—Sacarás un millón del Crédito y un millón del Continental.

—Muy bien. ¿Cuándo?

—Ahora mismo.

Miro mi reloj: son las cuatro, los bancos cierran a las seis.

—No sé si tendrán tanto efectivo, pero lo intentaré —digo.

—Si no lo tienen, sacarás todo lo que puedas y volverás mañana para sacar el resto hasta que me dejes dos millones en un maletín.

—De acuerdo. Cuenta con eso.

—Ese maletín será mío y yo decidiré si me quedo contigo hasta el final y luego escapo en uno de tus carros, o si me voy antes. No estoy obligada a quedarme. La plata es mía y yo decido cuándo me voy.

—Tiene sentido —digo—. Es lo justo.

—Luego llamarás a Marta Balboa —continúa.

—¿Cuándo? —la interrumpo.

—Esta noche, cuando me hayas dejado el maletín al menos con una gran parte.

—De acuerdo. ¿Y si me pide que vaya?

—Irás. Pero solo si te pide que vayas. Y si vas, de ninguna manera puedes culeártela, Javier. Si te la culeas, yo reconoceré su olor en tu cuerpo y puedes estar seguro de que me iré y no me verás más, ¿está claro?

—Clarísimo —le digo.

—No me gusta repetir las cosas, pero entiéndelo bien, Javier: si te tiras a Marta, te mataré y me iré con la plata.

—¿Tanto te jode que me la tire como para matarme? —me sorprendo.

—Sí —me dice—. Me jode mucho más que te tires a Marta que el hecho de que hayas matado a Jorge. No podría estar un minuto contigo sabiendo que has metido tu pinga en esa puta infecta. No te lo perdonaría jamás.

—¿Lo dices porque me amas? —pregunto.

—No —dice ella—. Lo digo porque Marta Balboa me parece la mujer más asquerosa del mundo y porque me gusta chupártela, y si metes tu pinga en ella no podré chupártela nunca más, ¿entiendes?

—Creo que sí —le digo, sorprendido por la demoledora claridad de su razonamiento.

—Ahora anda al banco con un maletín y trae los dos millones —me ordena.

—¿En billetes de cien? —pregunto, haciéndome el tonto.

—No, imbécil —dice ella—. En billetes de cinco y diez. ¡Obvio! ¡En billetes de cien!

—Así será, mi amor.

—No me digas «mi amor», huevón. Y si puedes traer tres millones, mejor.

—Lo intentaré.

Alma Rossi me mira fríamente y, como si yo fuera su mayordomo, su esclavo, me dice:

—No, no lo intentes. Tráeme la plata ahora mismo. Y luego llamas a la puta de Marta.

Trato de darle un beso antes de salir hacia el banco, pero ella me esquiva y apenas consigo un roce miserable en su mejilla.

DIECINUEVE

En la agencia del Banco de Crédito de la calle Dasso, el gerente me conoce, es mi amigo, sabe quién soy, me trata con respeto y aprecio. Es un hombre joven, cuidadosamente vestido y peinado, con la ambición dibujada en el rostro, y sabe que respetar las reglas del banco es mejor negocio que burlarlas no por ética o por pureza moral, sino por una simple relación costo-beneficio. Le explico que necesito un millón de dólares en efectivo. Se sorprende, frunce el ceño.

—Es una emergencia —le digo—. Por favor, no me haga preguntas. Necesito el dinero cuanto antes. Es una cuestión de vida o muerte.

El tipo comprende la gravedad de la situación y, sin embargo, se permite ceder a su curiosidad:

—Un secuestro, me imagino.

—Sí, por desgracia —le digo—. Pero, por favor, no diga una palabra. Si se entera la policía, todo se joderá. ¿Cuento con su discreción?

—Absolutamente —dice el gerente.

Luego se pone de pie:

—Voy a la bóveda de seguridad. Regreso en un momento. ¿Billetes de cien, no?

—Sí, por favor —le digo, y le alcanzo un maletín

negro, deportivo—. Para ser discretos, meta el dinero allí por favor.

El gerente sabe que debe atenderme sin hacer más preguntas ni solicitar permisos ni autorizaciones de nadie. Sabe que soy un cliente importante, solvente. Probablemente ha leído alguno de mis libros, sabe que soy conocido fuera del Perú. Pero, sobre todo, sabe (y esto es lo más importante) que el hermano de mi padre, mi tío Guillermo, un hombre mayor al que no veo desde hace muchos años, es uno de los accionistas minoritarios del banco, pero dueño al fin y al cabo, con asiento en el directorio que preside el legendario Felipe Sarmiento, dueño del banco y amigo de mi tío Guillermo. No me sorprende, por eso, que el gerente regrese en menos de diez minutos con el maletín bastante más pesado que cuando se lo entregué, me haga firmar un par de papeles para formalizar la transacción y se abstenga de preguntarme quién es el secuestrado o dónde pagaré el rescate.

—Gracias —le digo.

—A usted, señor Garcés —me dice, ceremonioso, levemente servil, como todo gerente trepador—. Siempre es un gusto atenderlo.

—Le diré a mi tío Guillermo y a don Felipe que es usted un excelente funcionario y que merece una promoción —le miento, y el untuoso empleado se infla como un pavo real y cae en el embuste y ya se imagina que, gracias al servicio que me ha prestado, llamaré a mi tío Guillermo (al que no veo desde la muerte de mi padre) y le diré que lo premien.

—¡Muchas gracias! —se emociona, y me estrecha la mano.

Luego me mira como si hubieran secuestrado a su hija (es un actor este pigmeo adulón) y me dice:

—Suerte en ese asunto, señor Garcés.

—Gracias —le digo.

—Cuente conmigo incondicionalmente —me insiste.

—Gracias, gracias —le respondo, y salgo caminando del banco con aire distraído y displicente, como si en ese maletín no llevara un millón de dólares, sino plátanos, granadillas, uvas y chirimoyas, mis frutas preferidas, las frutas que acerca a mi casa, dos veces por semana, un señor empujando una carretilla.

Luego cruzo la calle y me dirijo a la agencia del Banco Continental, apenas a una cuadra o menos, pasando la esquina de Maúrtua y la de Tudela y Varela.

El gerente del Continental también me conoce perfectamente y suele ser tan amable conmigo que a veces ya me incomoda. Su amabilidad, sospecho, no se debe a que yo sea un hombre con algo de dinero ni a que sea un escritor más o menos exitoso, se debe a que a todas luces ese gerente ventrudo, calvo, con anteojos, las comisuras de los labios siempre húmedas, como si hubiera tomado algo o chupado algo o como si tuviera ganas de chupar algo, tiene que ser (apostaría toda la plata que tengo en ese banco) un homosexual en el clóset, o al menos en el clóset mientras cumple sus tareas de gerente, para las que finge ser muy varonil, pero, cuando está conmigo se relaja, se abandona, se permite cierta afectación o amaneramiento y no sé si le gusto pero siento que me coquetea, que me mira con intención, que el tono de su voz está lastrado por cierto deseo culposo, como si tuviese ganas de darme el dinero que le he pedido y además chupármela en la bóveda: paso, no gracias, nadie me la chupa mejor que Alma Rossi, y este gordo ampuloso y de voz chillona me resulta tan atractivo como un grano.

—¿Un millón en efectivo me ha dicho? —me pregunta, bajando la voz, acercando su cara mofletuda, sus labios mamones, haciéndose el escandalizado cuando solo le he pedido un millón de dólares, no que robe un banco.

—Sí, un millón, amigo —le digo.

El gerente obeso y amanerado arquea las cejas y me mira con estupor histriónico y se queda en silencio, como esperando a que le diga por qué necesito tanta plata en efectivo, pero no le voy a dar el gusto al gordo mamón, me quedo en silencio, y él me mira y yo lo miro como si le hubiera pedido que me dé apenas cien dólares y luego lo apuro:

—Cuanto antes, por favor.

Como era de suponer, el gerente teatral es incapaz de frenar su curiosidad y, apoyándose sobre el escritorio (detrás del cual exhibe la foto de una mujer incluso más adiposa que él: puede que sea su esposa, o que sea su hermana o su prima o una amiga y que él diga que es su esposa para quedar bien con los otros empleados del banco que sospechan de su andar de cabaretera, de su voz cantarina y de su boca de soplapollas), acercándose a mí, susurra:

—¿Estamos en problemas, don Javiercito?

El gerente afectado siempre me llama así, Javiercito o don Javiercito. No me molesta el diminutivo; lo que me irrita es que haga preguntas entrometidas, que sea un gordo chismoso y no un empleado serio y servicial, como el que me atendió en la agencia del Banco de Crédito.

—No, no, Huguito —le digo con una sonrisa, dándole dos palmadas en el brazo rollizo—. Está todo bien.

—¿Seguro? —insiste, bajando la voz, sacándose los anteojos, mostrándome su cara de sapo gordo, de sapo gordo con sed, de sapo gordo mamón—. Mire que si necesita más, le puedo dar más, don Javiercito. Ya sabe que usted es mi cliente favorito; en este banco nadie es más importante que usted, Javiercito.

Ya comienza a molestarme su cháchara melosa y sus *Javiercitos* de los cojones. *Tráeme la plata y cállate, gordo mamón*, pienso, pero lo miro con fingido afecto y le digo, sin saber por qué me he rebajado a hacerle esa confesión que no merecía, que no debía compartir con él:

—El problema es que estoy enfermo —le digo—. Me han dado seis meses de vida.

El gerente amanerado se lleva las manos a la boca para cubrirse los labios voluptuosos y abre mucho los ojos, como si fuera a desmayarse o a vomitar.

—Necesito la plata en mi casa porque no voy a poder salir a caminar por la enfermedad —le digo.

De pronto el gerente rompe a llorar, viene hacia mí y, al ver que desea abrazarme, me levanto y me dejo abrazar por ese hombre de carnes flácidas y voz atiplada, y siento su panza, sus glándulas mamarias, sus mofletes mal afeitados, apretándose de un modo indecoroso contra mí, al tiempo que me dice sollozando:

—No hay justicia en esta vida —y luego, mirándome a los ojos—: Y ahora, ¿qué me voy a hacer sin mi don Javiercito?

—Gracias, gracias —le digo, palmoteando su espalda (la camisa impregnada de sudor, su aliento rancio a café, unas lágrimas cayendo por sus cachetes de foca, lágrimas que él seca con un pañuelo tieso de tantos mocos viejos)—. Le ruego que se dé prisa, Huguito. No me siento bien, debo regresar a casa.

—Oh, sí, enseguida le traigo lo suyo —dice el gerente, secándose las lágrimas, aliviándose la nariz en el pañuelo, emitiendo un sonido estrepitoso que se parece al de una ventosidad chillona.

Luego se aleja caminando como una *vedette* jubilada, moviendo los glúteos como si supiera que estoy mirándolos, y baja las escaleras y desciende hacia la bóveda.

Miro la fotografía de esa gorda colosal en traje de esquí, probablemente en Bariloche, o en Las Leñas, o en Valle Nevado, o en Portillo, y me pregunto si esa gorda será su esposa, su hermana, su amiga, si esa gorda estará viva o muerta, si sobrevivió al descenso por la montaña nevada o cayó y se convirtió en una bola de nieve, en un alud, y esa foto es un homenaje a su memoria, a esa vida que quedó sepultada en las nieves chilenas o argentinas. Miro la fotografía y pienso: *Esa gorda, esté viva o muerta, es la gorda que el gerente Huguito quisiera ser, y por eso la ama tanto, porque es la proyección de sus fantasías más escondidas, y seguro por eso se casó con ella, no porque la amara o la deseara, sino porque quería tener al lado a la gorda coqueta, putona y parlanchina que él hubiera querido ser.*

—Aquí le dejo lo suyo, don Javiercito —me dice, sacándome de mis conjeturas sobre la gorda de la foto.

Me entrega un sobre amarillo, bien doblado, sujeto con ligas de plástico.

—Si quiere, lo cuenta —me dice, y pone su mano sobre mi espalda.

—No, Huguito, no hace falta —contesto levantándome, evitando preguntarle quién es esa mujer en traje de esquí que aparece en la foto—. Yo confío en usted plenamente —digo luego, y ya sé que lo peor está por venir:

—Y yo a usted, Javiercito, lo estimo y lo respeto plenamente, plenamente —dice el gerente sobreactuado, lacrimógeno, y me abraza de nuevo y llora como una viuda desconsolada, como si yo estuviera ya muerto y él fuese mi esposa en la capilla ardiente, y me deja una mucosidad nasal en el hombro, sobre mi saco negro de cachemira, y lo odio por eso, porque ha manchado con mocos mi saco negro de cachemira, pero me contengo y le digo:

—Hasta pronto, Huguito.

El gerente, desolado, me mira como si quisiera morirse conmigo, y me despide:

—Hasta siempre, don Javiercito.

Salgo del banco, camino deprisa, entro en la tintorería, me despojo del saco negro de cachemira, retiro mi billetera y mis caramelos de menta y mi pasaporte, y se lo dejo a la señorita para un servicio ultra rápido que limpie la mancha verdosa que dejó caer de su nariz el gerente amanerado, y luego me dirijo, con un maletín en una mano y el sobre amarillo en la otra, hacia la calle Vanderghen, donde supongo que Alma Rossi me espera impaciente, menos por cariño a mí que por cariño al dinero que llevo conmigo: a ella siempre le gustó la plata, y por eso se enredó conmigo y luego me traicionó con Echeverría, y por eso ahora me ha mandado a sacar este dinero como si yo fuera su mensajero, su sirviente, su dócil esclavo, todo lo cual en efecto soy, y a mucha honra.

VEINTE

—¿Cuánto sacaste? —me pregunta a quemarropa Alma Rossi, nada más entrar a mi casa.

Se ha bañado, se ha vestido con ropa mía que le queda holgada (unos blue jeans gastados de cuando era flaco, una camiseta blanca, una casaca de cuero negro, unas zapatillas que antes usaba para correr y que ahora no uso porque ya no corro y porque no me quedan: no es que me haya crecido el pie, es que me pongo tres pares de medias porque se me mete el frío por los pies, una idea que mi madre, que en paz descanse, me metió en la cabeza cuando era niño, su único hijo, un hijo mimado y consentido, un hijo al que ella le ponía las medias y le limpiaba el culo después de cagar; así me quería mi madre, ella era feliz limpiándome el culo una y otra vez, y yo pensaba que eso era lo normal, que tu mamá te limpiara el culo después de cagar) y luce intranquila, agitada, como si estuviera a punto de salir.

—¿Te vas? —le pregunto, sin responder su pregunta.

—¿Adónde me voy a ir, tonto? —dice ella, y camina hacia mí, me da un beso en los labios, mira el maletín y el sobre amarillo y pregunta:

—¿Cuánto hay?

—Dos millones —respondo secamente.

—Déjame verlos —dice ella.

Sabía que le gustaba el dinero, pero no que la hipnotizaba de este modo obsceno: se sienta, abre el sobre, abre el maletín, saca los fajos de billetes que huelen a nuevos, a recién impresos, y empieza a contarlos mientras una luz (la codicia, la ambición, la esperanza de que saldrá de este callejón sin salida) ilumina su rostro sin maquillaje y me recuerda el poder de su belleza.

—Si tengo que irme, ¿qué carro me aconsejas? —me pregunta, tras meter todos los fajos en el maletín.

Tengo tres autos: el más viejo es la camioneta Land Cruiser, el más moderno es el Audi A6 y el que más quiero es un Jaguar antiguo, de colección, uno de los pocos que hay en Lima.

—El Audi, sin duda —le digo—. Está nuevecito; no tiene ni diez mil kilómetros. Y corre como un avión.

—¿Me das las llaves, por favor? —me pregunta, con una voz que uno supondría de una persona tímida, débil, asustadiza, una voz por lo tanto impostada, una voz falsa que me inquieta: algo está tramando Alma Rossi, y está claro que solo puede estar tramando escapar de mi casa, escapar sola, claro está, lo único que no tengo claro es si habiéndome matado antes o dejándome para que muera en esta casa sucia y oscura que seguramente ya le repugna.

—¿Tienes planes de irte? —le pregunto a mi vez, mirándola a los ojos.

No me desvía la mirada, me sostiene la mirada con altivez y un punto de superioridad: nunca me tuvo miedo y ahora no es tiempo para cambiar de hábitos.

—No —me dice—. Para nada. Mi plan es quedarme contigo hasta que te mueras. Pero quiero tener todo listo para irme.

—¿Por qué tanto apuro? —le pregunto.

—Porque te puedes morir esta noche, huevón —dice ella, como si eso fuera lo que quisiera.

—Tú también —le digo—. Todos podemos morirnos esta noche.

—No, no —dice ella—. Yo no tengo cáncer. Yo no me voy a morir esta noche, a menos que tú me mates. Pero tú tienes cáncer y te vas a morir en cualquier momento, y cuando te mueras quiero tener todo listo para salir manejando rumbo a Chile, ¿entiendes?

Todo lo que dice suena razonable, pero lo dice de un modo tan frío, calculador y exento de ternura o cariño, que dudo de que seriamente quiera quedarse conmigo, pase lo que pase, venga o no la policía, vaya o no a la casa de Marta Balboa, hasta que el cáncer me quite la poca vida que me queda.

—¿Dónde están las llaves del Audi? —me pregunta.

—No tiene llaves —le digo.

Me mira como si estuviera tomándole el pelo.

—No tiene llaves —repito—. Tiene un censor que cuando está contigo pone en marcha el auto. Solo tienes que tener el censor y apretar el botón que está donde usualmente uno mete la llave.

—Muy interesante —dice ella—. ¿Y dónde carajo está el puto censor?

Está claro que Alma Rossi, a pesar de que tiene dos millones de dólares en un maletín, no está desbordada de cariño por mí. Cuando habla así es porque me está odiando un poco o porque se está odiando un poco, o ambas cosas a la vez.

—El puto censor está dentro del auto, en el asiento del copiloto —digo.

—¿Cómo sabes? —pregunta ella.

—Porque siempre lo dejo allí —respondo.

—Vamos —dice, y no sé adónde vamos, pero la sigo, bajo las escaleras, entramos en la cochera, enciendo la luz.

—¿Vamos a salir? —le pregunto, dispuesto a hacer lo que me diga; quizás lo que le apetece es escapar conmigo y con el dinero, y no estaría nada mal morir así, fugándome rumbo a Chile con Alma Rossi, durmiendo con ella en hoteles de mala muerte a la vera del camino.

—No —me dice ella, devolviéndome a la cruda realidad—. Enséñame a prender el Audi.

—Claro, encantado —le digo.

Ella abre la puerta, se sienta en el lugar del piloto y ve un pequeño artefacto metálico a su lado, sobre el asiento.

—Déjalo allí —le digo—. O métSelo en tu bolsillo.

Lo agarra y lo pone en el bolsillo de su casaca de cuero, de mi casaca de cuero.

—¿Y ahora? —me pregunta.

—Te aseguras que esté en P...

—¿P de qué? —me interrumpe.

—De puta —le digo.

Me mira seriamente, no está para bromas.

—De *parking*, pues, ¿de qué más va a ser la P?

—Obvio —dice ella—. ¿Y qué más?

—Aprietas el botón y se prende el Audi, y manejas mil kilómetros por la autopista hacia el sur y al cruzar la frontera y entrar a Chile ya no eres Alma Rossi, eres una mujer nueva con una vida nueva. ¿No suena fascinante?

—No —dice ella, y aprieta el botón, enciende el motor, acelera un par de veces, prende las luces, las apaga, y luego me pregunta—: ¿Y cómo lo apago?

—Aprietas el botón nuevamente o aprietas el botón del censor —le digo.

Lo apaga sin dificultad, baja, abre la puerta trasera, deja el maletín escondido tras el asiento del piloto y dice:

—Vamos para que llames a la puta de Marta Balboa.

—¿Estás apurada por algo? —le pregunto.

Me mira como si todavía me quisiera un poco:

—No —dice—. Pero quedamos en que es mejor si la llamas hoy, ¿no?

—Sí, claro —asiento sumisamente.

Sentados en mi escritorio, escucho de nuevo el mensaje que dejó grabado Marta Balboa, apunto el número de su celular y, antes de marcarlo, le pregunto a Alma:

—¿Te sientes cómoda en mi ropa?

—Muy —responde ella.

—Te ves linda —le digo.

—Me puse tus calzoncillos —dice ella, con media sonrisa.

—¿Y tu vestido negro y tus zapatos? —pregunto.

—Los metí en una bolsa de basura y los escondí en un rincón de tu clóset —responde—. No me pondré nunca más esa ropa. Desde ahora me vestiré con tu ropa.

—Fantástico —le digo, y empiezo a marcar los números del celular de Marta Balboa.

Luego miro a Alma Rossi y siento un cosquilleo en la entrepierna, el anuncio de una erección.

—¿Te quedan bien mis calzoncillos? —le pregunto.

Marta Balboa contesta:

—¿Aló? —dice, con voz chillona.

Alma Rossi se desabotona los blue jeans, los deja caer y me muestra lo bien que le quedan mis calzoncillos.

—¿Marta? —le digo—. Soy Javier. Javier Garcés.

Alma Rossi se da vuelta y me muestra el culo y se sujeta con las manos el calzoncillo para que no se le caiga, y ahora lo aprieta, levantándolo para marcar sus nalgas, unas nalgas en las que tantas veces he terminado, haciéndome una paja, con ella diciéndome *muévelas, levántame el culito*, unas nalgas que, sin embargo, nunca me ha dejado penetrar.

—¡Javier, querido, qué alegría oír tu voz! —dice la perra de Marta Balboa, y no parece estar para nada afligida o contrariada porque hace pocos días mataron al ladrón de su esposo—. ¡Gracias por llamarme, no sabes cuánto necesitaba hablar contigo!

Alma Rossi me quita el teléfono, aprieta el botón del altavoz (ella tiene que controlarlo todo) y luego me devuelve el auricular.

—Soy todo tuyo, Marta, querida —digo, pero al decirlo miro a Alma como diciéndole *soy todo tuyo, Alma, querida*, y es verdad que soy todo de ella y de nadie más—. Ante todo, mis más sentidas condolencias.

—Gracias, gracias, no sabes lo deshecha que estoy —dice ella, simulando una tristeza que con seguridad no nubla sus más bajos instintos ni su ambición depredadora.

—¿Cómo puedo ayudarte, Marta? —le pregunto.

Alma Rossi se pone de rodillas y empieza a acariciarme entre las piernas y siente mi erección y sonríe y me sabe suyo, todo suyo, todo suyo el poco tiempo que me quede por vivir.

—¿Has sabido algo de la Rossi? —me pregunta Marta Balboa, y Alma deja de acariciarme y se queda inmóvil, y yo siento que mi erección decae y un escalofrío me sacude.

—No —le digo—. Sé por los periódicos que mató a Jorge —hablo con aplomo, porque esa perra trepadora no me hará caer en su celada—. Pero tú sabes que la Rossi se portó muy mal conmigo y que no la veo hace años.

Marta Balboa permanece en silencio, tal vez preguntándose si debe creerme o no.

—No me sorprende lo que le hizo al pobre Jorge —sigo—. Esa Rossi es una hija de puta.

—Una hija de puta, una asesina concha de su madre —se desahoga Marta Balboa—. Yo siempre le dije a Jorge que la despidiera, que esa concha de su madre era mala, que lo iba a traicionar, que solo quería su dinero.

Como tú, Martita, pienso. *Exactamente como tú.*

—Tengo una idea, Marta, querida —le digo, tratando de evitar que me cite en su casa, que entre en confianza conmigo.

—¿Sabes dónde puede estar la concha de su madre esa? —me interrumpe ella, y parece por su voz pastosa que estuviera borracha o sedada por las pastillas.

—Déjame llamar a dos o tres contactos que tengo por ahí —le digo, haciéndome el misterioso.

—¿Contactos? —pregunta ella.

—Amigas de la Rossi —le miento—. Ellas pueden saber dónde está escondida.

—¡Genial! —grita Marta Balboa como una puta en celo—. ¡Eres un genio, Javier! Si encuentras a la Rossi, me llamas y vamos juntos a buscarla, porque yo quiero matarla.

—¿En serio? —le digo, haciéndome el sorprendido.

—Sí —dice ella, y no hay la sombra de una vacilación en su voz rencorosa, vengativa—. Si la encuentras, ¡yo le voy a meter seis balazos por la chucha a esa puta asesina! ¡Seis balazos! ¡Por la chucha!

Alma me mira arrodillada y sonríe, y yo sonrío con ella.

—¿Tienes una pistola, Marta, o quieres que te consiga una? —le pregunto.

—Tengo la que Jorgito guardaba en la caja fuerte —dice ella.

—Magnífico —le digo—. Dame un par de días y voy a moverme muy discretamente, voy a visitar a sus amigas de sorpresa y si descubro dónde se esconde la zorra esa, te llamo.

—¡Genial, genial! —grita Marta Balboa—. Porque los cholos de mierda de la policía son más brutos que una pared, Javier. No puedo confiar en la policía. Ellos nunca la van a encontrar. Y mira que les he roto la mano y todo.

—Dame un par de días y te llamo —le digo—. Ojalá tengamos suerte. Porque si no la matas tú, la mato yo.

—¿En serio? —se sorprende ella.

—Sí —le confirmo—. Esa hija de puta merece morir por lo que le hizo a Jorge y por todo el daño que me hizo a mí.

—¡Maldita, maldita! —vocifera Marta Balboa—. ¡Le voy a meter seis balazos por la chucha!

—Y si no se los metes tú, se los meto yo —le digo.

—Te quiero mucho, Javier —me dice ella—. Sabía que podía confiar en ti.

—Yo también te quiero —le digo—. Cuenta conmigo incondicionalmente.

—¿Me llamas entonces?

—Te llamo apenas sepa algo. Un beso.

—Cuando quieras ven a...

No dejo que termine la frase: cuelgo. No quiero que me invite. Si me invita, tendría que ir. Si voy, tendría que tomarme unos tragos con ella. Si me tomo unos tragos con ella y está en celo y necesita pinga y me mueve el culo, sería una cuestión de honor tener que culeármela bien culeada y acabarle en la cara para que así la vea desde el cielo o el infierno o dondequiera que se halle el miserable de Echeverría; sería como matarlo dos veces, y por eso he cortado, porque es grande la tentación de ir a la casa de Marta Balboa y montármela, pero sé que Alma Rossi no me lo perdonaría.

—Buen trabajo —me dice Alma, y vuelve a acariciarme ahí abajo.

—¿Vamos a la cama? —le digo.

—No —dice ella—. Todavía.

—¿Qué quieres hacer? —pregunto, sometido al imperio de sus caprichos.

—Quiero que hagas exactamente lo que te voy a decir —me indica, sin dejar de acariciarme: de nuevo está ella en control de todo.

—Dime.

—Quiero que vayas a la clínica.

—¿Ahora?

—Sí, ahora mismo.

—¿Para qué?

—Para que te tomen unas placas del cerebro y te digan exactamente cuánto ha avanzado el tumor y cuánto te queda de vida.

La miro, sorprendido.

—¿Qué diferencia hay entre morir en un mes o en dos? —le pregunto.

—No sé —dice ella—. Solo sé que quiero que vayas a la clínica, que te miren de nuevo la cabeza, que regreses con las placas y que me digas cuándo te vas a morir, Javier.

—No creo que puedan decírmelo con exactitud —le digo, irritado: lo que me molesta no es su interés por mi salud, sino su desinterés por subir a la cama conmigo, ahora que, enfermo y jodido como estoy, había despertado el deseo en mí, ahora que fantaseaba con sacarle mis calzoncillos y chupar y lamer su clítoris por una vez en la vida, aunque me ruegue que no lo haga, aunque le dé vergüenza su vagina, aunque tenga que amarrarla a la cama para que por una vez sea yo y no ella quien mueva la lengua para darle placer al otro.

—Yo sí creo —insiste ella, sin dejar de acariciarme—. Anda a la clínica ahora mismo y regresa con las placas y el diagnóstico. Quiero saber si te vas a morir en una semana o en medio año.

—¿Y si me dicen que me voy a morir en medio año? —le pregunto.

Deja de acariciarme, se pone de pie, sigue con los pantalones caídos y mis calzoncillos a la vista y me sonríe, coqueta:

—No sé —dice—. Vamos improvisando. Pero te aviso que medio año no me quedo acá ni cagando. Si te queda medio año, nos vamos juntos a Chile, huevas.

—¿Y si me dicen que me queda una semana? —pregunto, y trato de bajarle el calzoncillo, pero ella no se deja, retira mi mano, se aparta de mí.

—Una semana sí me quedo —dice ella—. Un mes también. Pero seis meses no creo.

Curiosa manera de quererme, pienso.

—¿No era que me ibas a acompañar hasta que me muera?

—Depende —dice ella, subiéndose los blue jeans.

—¿Depende de qué? —pregunto.

—Depende de cuándo te mueras —me dice ella, y luego me besa en los labios, en las mejillas, en la frente, en la cabeza, y siento que en esos besos hay amor, o cuando menos amistad o compasión.

—Anda a la clínica y no te demores —me ordena.

—¿Y si no está Martínez? —pregunto.

—¿Quién es Martínez? —pregunta ella.

—Mi doctor. El que me dijo que me quedaban seis meses.

—Si no está Martínez, que te revise otro doctor, cualquiera, el que esté de turno, el de emergencias —se impacienta ella, y está resuelta a que vaya a la clínica: no podré evitarlo—. Pero vas ahora mismo y regresas con las placas y me dices cuánto tiempo te dieron de vida.

—Hubiera preferido que te quedaras conmigo sin importarte cuánto tenga de vida —le digo, tratando de darle pena.

Pero no lo consigo, porque ella dice:

—Yo hubiera preferido que me dejaras tomar el té esa tarde en el Country.

Me levanto y le digo:

—Iré caminando, la clínica queda a pocas cuadras.

—Perfecto —dice ella—. No te demores.

Luego viene a mí, me abraza y me besa como no me había besado hacía tiempo. Y siento, besándola, que es mía, que se quedará conmigo, que me ama, que no se irá en ningún caso, que me obliga a ir a la clínica porque disfruta dándome órdenes y viendo cómo las cumplo sin protestar.

—Ya regreso —le digo, y me voy reconfortado por la certeza de que me ama.

—No regreses sin las placas —me advierte ella—. Haz lo que tengas que hacer, pero quiero que miren bien el tumor y te confirmen si lo que te dijo ese tal Miranda...

—Martínez.

—...ese tal Martínez es cierto.

—Nos vemos —le digo.

—¿Dónde está la pistola? —me pregunta, cuando me dispongo a salir.

—En el cajón del escritorio —le digo.

Alma Rossi abre el cajón, mira la pistola, la saca, sonríe con malicia o con amor, no lo sé, y me apunta y dice:

—No sé por qué te quiero, Javier Garcés.

Luego baja la pistola.

—Yo sí sé por qué te quiero —le digo.

—¿Por qué me quieres? —pregunta ella, mirándome con amor, o al menos con ternura, mirándome como me miraba cuando yo suponía que se quedaría siempre conmigo.

—Porque nadie me la chupa como tú —le digo.

Alma Rossi suelta una risa auténtica y yo sonrío porque nada me contenta más que escucharla reír así, y luego salgo de la casa y me dirijo hacia la clínica Americana. *Ojalá que esté el doctor Martínez*, pienso, y veo el reloj: son las cinco y media de la tarde y ya comienza a oscurecer y una capa de niebla de lánguidos matices rosados desciende sobre la ciudad, una ciudad que a esta hora, la hora del crepúsculo, parece una fantasmagoría, un gigantesco cementerio de muertos vivientes.

VEINTIUNO

Cuatro calles, diez minutos andando, separan mi casa de la clínica Americana. Mi casa está en la esquina de la calle Maúrtua con la calle Vanderghen. Camino por Vanderghen (ya casi es de noche pero no han prendido el alumbrado público) y cruzo Tudela y Varela y avanzo una cuadra, y cuando llego a la esquina de Chochrane (yo estudié en el colegio Markham y los alumnos, todos hombres, nos dividíamos en cuatro casas o *houses*: Chochrane, que usaba el color rojo en sus vestimentas deportivas; Miller, que era el verde; Guise, azul; y Rowcroft, y yo era de Rowcroft, vestidos de amarillo), subo una cuadra en dirección a la calle Salazar, y allí se erige esa clínica, la Americana, la Anglo Americana como se llama formalmente, donde siempre han atendido mis problemas de salud: me operaron las amígdalas cuando era niño, me subieron un testículo que se me había descolgado jugando fútbol en el colegio, me enyesaron una pierna fracturada en un partido también de fútbol y también en el colegio (los de Rowcroft siempre perdíamos y además terminábamos con las piernas rotas), me extirparon la vesícula, me dieron unas pócimas que evitaron que me quedase calvo, me removieron unas piedras del riñón, me abrieron el conducto biliar que se había obstruido y, la última vez que la visité, me dijeron que me quedaban seis meses de vida como mucho.

Es una noche tranquila, o es tranquila en esas calles, ajenas al caos polvoriento y bullicioso que agita otras zonas menos apacibles de la ciudad. Todas las noches son tranquilas en la calle Vanderghen, esquina con Víctor Maúrtua, y por eso compré esa casa hace más de veinte años y no he querido venderla a pesar de que muchos empresarios inmobiliarios me han hecho ofertas para comprármela, demolerla y construir allí un edificio, prometiéndome el mejor piso para mí. No he vendido esa casa y ahora celebro mi buen juicio porque es en esa casa, en esa calle tranquila, donde quiero morir, y no en un apartamento escuchando los gritos, las meadas, los pedos o los orgasmos de mis vecinos, no en un apartamento del que mi cadáver tendrá que salir en ascensor. Las calles cercanas a mi casa, Maúrtua, Tudela y Varela, Cochrane, Zapata, Nelson, se han ido llenando de edificios, algunos agradables a la vista, otros de un aire modernista o barroco que me irrita, y a pesar de esa odiosa invasión de los máquinas excavadoras y las grúas y los albañiles mal pagados y peor comidos, con los que a veces me he detenido a conversar, sentados a la sombra de un árbol, solo para saber cuánta suerte tengo, la suerte del que nunca ha trabajado verdaderamente con sus manos para ganarse la vida, el barrio sigue siendo tranquilo, o esta noche me parece más tranquilo que en otras, o es tranquilo en comparación con el ruido, el desorden, la suciedad y la vulgaridad que prevalecen en otros barrios no muy lejanos del que siento mío.

Cuando muera me enterrarán en el cementerio de La Planicie, porque así lo dispusieron mis abuelos, ya muertos, y mis padres, también muertos, quienes dejaron pagado un nicho con mi nombre para que mi cadáver se pudra al lado de sus huesos carcomidos y para que al menos en nuestras lápidas parezca que fuimos una familia unida, lo que en cierto modo es verdad, porque mi abuelo dejó su fortuna a mi padre, que era hijo único, y mi padre la multiplicó y me la dejó íntegramente a mí, que soy su hijo único, o el único que se le conoció oficialmente. No sé si mi padre tuvo más hijos, pero si fue así nunca me lo dijo ni me enteré ni nadie reclamó ser hijo suyo y al menos en esos dos gestos generosos, en esas dos herencias, se podría decir que fuimos una familia unida, porque mi padre pudo disponer de un tercio de su patrimonio para legárselo a quien quisiera, pero me dejó todo a mí, y todo morirá conmigo, que no tengo hijos, o morirá con Alma Rossi, con quien, maldita sea, debería haber tenido un hijo, pero ya es tarde, ya no me queda vida y además ella nunca dejó que la penetrase por alguna razón que ignoro y que me temo que moriré ignorando.

Me gustaría que me enterrasen no en el cementerio de La Planicie, sino en el jardín de mi casa, allí donde tantas veces me eché en la hamaca a leer, a mirar cómo se mecían las ramas de los árboles con la suave brisa que subía del mar, a mirar la vida impredecible de los pájaros. No será posible tal cosa. Mi muerte ocurrirá muy pronto y solo caben dos escenarios: el optimista y el pesimista. El pesimista es que tenga que pegarme un tiro porque algo se torció, alguien me delató, Marta Balboa sospechó de mí y llegó la policía a mi casa, y entonces tendré que decir que Alma Rossi es inocente y que yo maté a Echeverría, y no solo a él, también al gusano de Luna, al sapo decrépito de Pérez, al pusilánime de Serpa, a esos cuatro insectos venenosos, y luego me veré en la obligación de pegarme un tiro y volarme la tapa de los sesos para no pasar por todas las penurias de una vida en la cárcel, quiero decir de una muerte en la cárcel. El escenario optimista (y esta noche tranquila me hace creer que es el más probable) es que el doctor Martínez me reciba en la clínica Americana esta noche, me haga los exámenes de rigor y me diga que quizás no me quedan seis meses de vida, que mi cuerpo muestra una inesperada e inexplicable resistencia al avance de la enfermedad y que con suerte viviré entre seis meses y un año y quizás, nunca se sabe, cada cuerpo es un misterio, algo más. Porque lo cierto es que nunca me ha sentido más sano, saludable, vigoroso y optimista que en todo este tiempo en el que me he despedido de la vida haciendo justicia con mis enemigos, despidiéndolos de la vida antes de que la vida me despida a mí. En ese caso, mi escenario optimista es que Alma Rossi se quede conmigo y haga conmigo lo que quiera: si quiere, nos quedamos escondidos en mi casa y nos dedicamos a perder el tiempo y a lamernos suavemente las heridas, o si quiere nos escapamos en el Audi a Chile, ella manejando, y vamos improvisando. Puede ser entonces que no muera en esta casa, en esta calle. Si el doctor Martínez me dice que no estoy tan mal como él pensó que estaría a estas alturas, y me promete unos meses más de vida, quizás muera huyendo con Alma Rossi. Sería una muerte fugitiva, una muerte en algún hotel del desierto chileno, una muerte incierta y por eso romántica, al lado de la única mujer a la que amé y con la que, maldita sea, nunca pude (porque ella no quiso) tener un hijo o siquiera intentarlo.

Si pudiera elegir, creo que prefiero no matarme, creo que prefiero no quedarme encerrado seis meses con Alma enloqueciendo y odiándome en la casa, creo que prefiero que ella me lleve adonde quiera, creo que prefiero morir escapando con ella. Pero si algo he aprendido en todos estos años es que uno rara vez elige cómo serán las cosas más importantes de su vida, y la muerte es una de ellas. Por eso no creo que se me conceda la pequeña dicha de elegir cómo y aproximadamente cuándo y sobre todo con quién moriré: lo más seguro es que el azar o el caos decidirán por mí, y moriré como hubiera preferido no morir.

Llegando a la clínica Americana (me resisto a llamarla Anglo Americana), entro en la cafetería, pido un expreso, lo tomo sin azúcar, pido otro más, lo bebo de un sorbo brusco, y, envalentonado por la cafeína, subo hacia el consultorio del doctor Martínez, que ojalá no esté, que ojalá se haya ido ya a su casa, no sé por qué Alma Rossi me ha encomendado este trámite humillante y engorroso, el de venir a preguntarle al doctor Martínez, o al doctor que esté de turno, cuándo voy a dejar de ser Javier Garcés y voy a convertirme en ochenta y cinco kilos apestando y pudriéndose sabe Dios dónde, quizás en el nicho de La Planicie, ojalá que en una fosa en el desierto chileno que cave Alma Rossi llorándome.

La secretaria me dice que el doctor Martínez está atendiendo a un paciente, que por favor espere. Me pregunta si tengo cita, si he sacado turno. Le digo que no, que se trata de una emergencia que no tomará más de cinco minutos. Me dice, sin inquietarse levemente cuando pronuncié la palabra *emergencia*, que por favor espere, que ya le anunciará al doctor mi llegada.

Me pregunto qué estará haciendo Alma Rossi en mi casa. ¿Estará contando el dinero, hechizada por tantos billetes? ¿Estará prendiendo y apagando el Audi para salir huyendo cuando sea el momento? ¿Estará jugando con la pistola, acariciándola, pensando en matarse o en matarme cuando llegue? ¿Estará duchándose, mirándose desnuda en el espejo, masturbándose como tanto le gusta (Alma Rossi me dijo una vez *nadie me ha dado tanto placer como yo misma*)? ¿Estará asomándose a la ventana, temerosa de que llegue la policía? ¿Habrá salido a caminar un par de cuadras para sentirse libre, para comprar unas galletas y una bebida? No tengo la menor idea. Pero si tuviera que apostar, diría que, esté donde esté, Alma Rossi está ahora mismo muy cerca del dinero y de la pistola, que no se separará de ellos, aunque quizás sí se separará de mí cuando le diga cuándo se supone que debo morirme.

El doctor Martínez me recibe con un apretón de manos. Es un hombre mayor, canoso, con orejas muy grandes, con vellos que le salen de las orejas y de la nariz, con una nariz prominente y una mirada felina, gatuna, una mirada de un hombre astuto, que, sin embargo, no ignora que no le pueden quedar muchos años de vida: calculo que Martínez tiene setenta o setenta y dos años, y todavía sigue lúcido y trabajando aunque ya podría haberse jubilado, pero él me dijo una vez que estaba seguro de que si se jubilaba se moriría al cabo de un año y que lo que lo mantenía vivo o con ganas de seguir vivo era su trabajo, la consulta, los pacientes, el goce esporádico de curar a un enfermo (un enfermo que, está claro, no seré yo).

—¿Cómo se siente? —me pregunta el doctor Martínez, y me invita a sentarme y cierra la puerta del consultorio.

—Bien —le digo—. Sorprendentemente bien.

—¿Dolores?

—Ninguno. Cero.

—¿Náuseas, vómitos?

—Ninguno. Cero.

Y eso que vengo de matar a cuatro hijos de puta, pienso.

—¿Mareos, debilidad, pérdida de la visión?

—Nada. Cero.

—Qué raro —dice el doctor Martínez, rascándose la cabeza.

—Por eso he venido, doctor —le digo—. Mi novia me ha pedido que venga para que usted me haga un nuevo chequeo y vea cómo ha evolucionado la enfermedad.

Omito decirle *y me diga cuándo me voy a morir.*

—Bueno, si lo manda su novia, hay que hacerlo nomás, ¿no? —dice el doctor Martínez, socarronamente.

—Así nomás es —le digo, forzando una sonrisa.

—Sígame, por favor —me dice, levantándose, abriendo la puerta—. Vamos a mirarle bien la cabeza.

Lo que sigue es un procedimiento que conozco bien, porque me lo han hecho desde que cumplí treinta y cinco años (y ya estoy por cumplir cincuenta) en todos los chequeos anuales de rutina: *párese aquí, ponga el mentón aquí, levante la cabeza, ahora de costado, muy bien, no se mueva.* Y, entretanto, se escucha el sonido metálico de las placas que van tomando, del ojo fisgón que espía lo malo que hay en mi cabeza, que debe de ser grande y muy malo y que ya debería de haberme matado, pero quizás mi cabeza está familiarizada con la maldad, ha sido educada en la maldad, y una presencia extraña y maligna no resulta en modo alguno amenazante y es bienvenida porque lo maligno es en mi cabeza, en mi organismo, lo natural.

Después de una espera que se me hace tediosa (porque tengo hambre, pero sobre todo porque me pregunto qué rayos estará haciendo en mi casa Alma Rossi), el doctor Martínez viene hacia mí con una gran sonrisa y anuncia, jubiloso:

—No tiene nada, señor Garcés.

Me quedo pasmado, confundido.

—Está sano —me dice, sonriendo—. No tiene nada malo en la cabeza. No hay tumor.

Me sorprende e irrita la naturalidad con la que me dice que no tengo un tumor, cuando dos meses atrás me dijo que tenía un tumor incurable que me mataría pronto.

—¿Cómo se explica eso? —le pregunto.

El doctor Martínez me toma del brazo, me lleva a una esquina y me dice, bajando la voz:

—Mire, yo podría mentirle, podría decirle que es un milagro —me mira a los ojos con una chispa de picardía que me confunde—. Podría decirle que tenía cáncer y que se ha curado y que la medicina no tiene explicaciones, que es un caso en mil millones.

Lo miro en silencio, esperando a que me diga no lo que podría decirme sino la verdad.

—Pero a usted, Garcés, no le voy a mentir. Yo fui amigo de sus papás, a usted lo conozco hace años y no le voy a mentir.

—Gracias —le digo.

Me mira como si tuviera vergüenza de decirme lo que debe decirme, como si no fuera capaz.

—¿Entonces, doctor? —le digo.

—Me equivoqué —dice él, bajando la mirada—. Me equivoqué, carajo. Miré otras placas, las placas de un tal Javier García, que ya está muerto, y pensé que eran las suyas y lo cagué a usted. Mil disculpas, amigo Garcés. Me equivoqué de placas.

Me quedo mudo. Es una buena noticia. No tengo cáncer. No voy a morirme pronto. Alma Rossi me espera en mi casa. Qué carajo importa si este pobre anciano se equivocó, lo que importa es que no soy Javier García, soy Javier Garcés, y ahora Javier García está siendo devorado por los gusanos si no ha sido cremado, y yo, Javier Garcés, estoy vivo, no tengo cáncer, no me voy a morir, no al menos en las próximas semanas.

—Mil disculpas, amigo —sigue hablando el doctor Martínez—. Nunca en mis cuarenta años de carrera profesional me había pasado esto. ¡Y me viene a pasar con usted, carajo! ¡Mil disculpas, señor Garcés! ¡Son los años, carajo! Ya debería jubilarme, ya me falla la vista y confundo los apellidos, la puta madre.

—Gracias, doctor —le digo.

Luego le doy un abrazo, meto doscientos dólares en el bolsillo de su mandil blanco y salgo caminando a toda prisa.

Ya en la calle Salazar me echo a correr, corro por la calle Cochrane hasta llegar a Vanderghen, luego corro (lleno de energía, sin fatigarme, como corría cuando era joven y jugaba en el colegio por el *house* Rowcroft vestido de amarillo) hasta llegar a la esquina de Vanderghen con Maúrtua. Un júbilo que no conocía me ha invadido, una euforia adolescente se ha apoderado de mí, corro con una felicidad que no había sentido nunca, como si mi vida comenzara recién ahora, a punto de cumplir cincuenta años, con Alma Rossi esperándome y sin un jodido tumor en la cabeza. Tengo que decirle a Alma Rossi que no me voy a morir todavía, que estoy sano, que el idiota del doctor Martínez se equivocó. Tengo que ver su cara de incredulidad y alegría cuando le diga que estoy bien, que no moriré pronto, que soy todo suyo, que haré lo que me diga, que iremos adonde quiera, que seré su mayordomo, su mascota, su esclavo, que mi pinga será suya y solo suya y que la amo como nunca amé a nadie y que quizás no es tarde, cuando crucemos la frontera y estemos en Chile, para pensar en tener un hijo.

Abro la puerta de casa y subo corriendo y grito:

—¡Alma, no tengo cáncer, no me voy a morir!

Entro a mi cuarto, al baño, bajo al escritorio:

—Alma, ¿dónde estás?

Nadie contesta.

—Alma, ¿estás en la casa? —grito, y ya no sé si estoy contento.

Nadie contesta.

—Alma, carajo, ¿dónde mierda estás? ¡Estoy bien, no me voy a morir, no tengo cáncer!

Nadie contesta.

Bajo corriendo a la cochera y no está el Audi A6. Alma Rossi ha escapado con mi auto, mi pistola y los dos millones de dólares. Alma Rossi no aguantaba vivir encerrada en esta casa en la penumbra, no soportaba la idea de quedarse aquí y verme agonizar y morir. Alma Rossi debe de estar manejando en la autopista hacia el sur, pensando que no me verá más, que moriré en esta casa.

Pero esta vez Alma Rossi se equivoca, me digo.

Subo a la Land Cruiser, abro la puerta automática y salgo manejando a toda prisa, dispuesto a hacer todo lo que tenga que hacer para encontrar a Alma Rossi.

Esta vez no te dejaré ir, pienso, y me paso un semáforo en rojo y acelero y escucho los insultos de un peatón al que casi he atropellado: *¡Huevón, estás en rojo!*

Si tengo suerte, si Alma no maneja tan rápido, si me ha hecho caso y se dirige hacia Chile y no hacia Ecuador, la encontraré en una hora o dos en la autopista al sur, y le haré señales desde la camioneta, y se detendrá y le diré que estoy bien, que no moriré, y nos abrazaremos y escaparemos juntos.

Si tengo suerte.

Porque si tengo mala suerte, Alma va ahora mismo rumbo al norte y yo manejo como un demente hacia el sur y nuestras vidas no volverán a entrecruzarse, y Alma pensará que estoy muerto cuando estoy desesperado tratando de encontrarla para decirle que no puedo o no quiero vivir sin ella.

Bogotá, 2009